POR UM CORREDOR ESCURO

LOIS DUNCAN

POR UM CORREDOR ESCURO

Tradução
Pedro Sette-Câmara

 Planeta   minotauro

Copyright © Lois Duncan, 1974
Copyright © Editora Planeta do Brasil, 2021
Copyright © Pedro Sette-Câmara, 2017
Todos os direitos reservados.
Título original: *Down a Dark Hall*

Preparação: Thais Rimkus
Revisão: Alice Camargo e Renata Lopes Del Nero
Diagramação: Abreu's System
Capa e ilustração de capa: Filipa Damião Pinto / Foresti Design

Dados Internacionais de Catalogação na Publicação (CIP)
Angélica Ilacqua CRB-8/7057

Duncan, Lois, 1934-2016
  Por um corredor escuro / Lois Duncan; tradução de Pedro Sette-Câmara. – São Paulo: Planeta, 2021.
  208 p.

ISBN 978-65-5535-290-0
Título original: Down a Dark Hall

1. Ficção norte-americana I. Título II. Sette-Câmara, Pedro

21-0122   CDD: 813.6

Índices para catálogo sistêmico:
1. ficção norte-americana

2021
Todos os direitos desta edição reservados à
EDITORA PLANETA DO BRASIL LTDA.
Rua Bela Cintra, 986 – 4º andar – Consolação
São Paulo-SP – 01415-002
www.planetadelivros.com.br
faleconosco@editoraplaneta.com.br

*Os mortos estão morrendo de
vontade de viver de novo.*

Para Dan e Betty Saho

Capítulo 1

Eles estavam dirigindo desde o alvorecer, mas nas últimas duas horas, desde que tinham saído da rodovia e tomado a estradinha tortuosa daquela região montanhosa, Kit Gordy estava dormindo. Não um sono profundo, porque parte da mente dela tinha permanecido acordada, consciente das curvas da estrada, do fraco calor do sol de setembro entrando pela janela e aquecendo seu cabelo, e das duas vozes no banco da frente: a da mãe, suave e cadenciada, e a de Dan, grave e constante.

Mesmo desperta, Kit mantinha os olhos fechados e a cabeça apoiada no encosto do banco. Assim, evitava participar da conversa. *Não tenho nada para falar com eles*, dizia a si mesma. *Não quero conversa*.

Quando o carro parou, Kit abriu os olhos. Então, viu a mãe virada de lado, olhando para ela.

— Oi, dorminhoca — disse a sra. Rolland. — Você perdeu várias paisagens do campo, estava muito bonito. Pastos, riachos, o mar de morros... Parecia um livro de ilustrações.

— É mesmo? — perguntou Kit, com desinteresse. Ela se endireitou no assento e olhou pela janela. — A gente parou aqui para abastecer?

— Para abastecer e pedir orientação — disse Dan Rolland. — Pelo mapa, aqui deve ser Blackwood Village, mas eu não vi nenhuma placa. A gente não deve estar longe da escola. A carta de Madame Duret dizia que ficava uns dezesseis quilômetros depois da cidade.

O posto de gasolina era pequeno. Tinha apenas uma bomba e um atendente, que podia ser visto pela porta aberta, sentado com os pés apoiados na caixa registradora, lendo uma revista. Kit olhou a rua estreita, cuja única quadra tinha uma fileira de estabelecimentos comerciais: uma mercearia, uma farmácia, uma loja de ferramentas e uma loja de presentes com itens da moda na vitrine.

— Estamos no meio do nada — disse ela. — Nem cinema tem.

— Acho simpático — comentou a sra. Rolland. — Cresci numa cidadezinha igual a essa e era uma delícia, não tinha barulho, não tinha pressão, todo mundo se conhecia. Eu não sabia que ainda existiam lugares assim.

— Quando a gente voltar da Europa — disse Dan —, talvez encontre algum lugar assim. Para morar, quero dizer.

— A voz dele era delicada (*falsa*, pensou Kit), como se tivesse saído de um programa de TV que passa aos domingos à tarde.

A mãe dela não parecia pensar assim. Ela sorriu e inclinou a cabeça, parecendo uma menina, apesar das marcas de expressão no canto dos olhos e do fraco brilho prateado em seu cabelo escuro.

— Será? — perguntou ela. — Mas, Dan, e o seu trabalho...

— Não é só nas cidades grandes que existem advogados. Nas pequenas também. E se eu simplesmente largasse o direito e abrisse um cinema em Blackwood Village?

Eles riram juntos, e Kit virou o rosto.

— No meio do nada — resmungou ela, de novo. — Um ano inteiro aqui?! Não vou aguentar.

— Eu não ficaria preocupado. — A delicadeza tinha ido embora da voz de Dan. — Duvido que você venha muito à cidade. Sua vida vai ficar bem centrada na escola.

Ele deu uma buzinada, e o atendente ergueu a cabeça, sobressaltado, então fez uma pausa para adequar-se ao chamado e, com calma, apoiou a revista no balcão. Espreguiçou-se, bocejou e, por fim, ficou de pé para seguir, contrariado, até o carro.

— Gasolina? Pode colocar e depois pagar lá dentro.

— Vou fazer isso — disse Dan. — Mas também queria uma informação. O senhor sabe como chegar à Escola Blackwood para meninas?

— Isso fica por aqui? — O homem parecia desconcertado.

— É um colégio interno. A diretora se chama Madame Duret. O endereço para correspondências é em Blackwood Village, mas acho que a escola em si fica fora da cidade. Antigamente era a casa de um homem, um tal de Brewer.

— Ah, a casa do Brewer! — O homem acenou com a cabeça, como quem tinha entendido. — Bem, claro que sei onde fica. Eu ouvi falar que uma senhora estrangeira tinha comprado aquilo. Ela chamou algumas pessoas da cidade para irem lá no verão e darem uma arrumada no lugar, consertar o telhado, o piso e tudo mais. Acho que ela contratou a Natalie, filha do Bob Culler, para trabalhar na cozinha.

— O senhor saberia nos dizer como chegar lá? — perguntou Dan, com paciência.

— É bem fácil. É só seguir por essa estrada que atravessa a cidade até o outro lado. Você vai subir as montanhas e ver uma estrada particular à esquerda.

Ele se virou e voltou para dentro. Kit suspirou, apoiando outra vez a cabeça no banco.

— Querida, por favor. — A mãe a olhou com uma expressão preocupada. — Dê ao menos uma chance à escola. Eram tão bonitas as imagens daquela casa antiga e maravilhosa, com o lago e o bosque em volta; além disso, Madame Duret foi tão encantadora quando a conhecemos na última primavera... Você parecia animada quando falamos disso pela primeira vez.

— Foi quando achei que a Tracy ia também — disse Kit.

— Ainda não entendo por que eu não posso ir para a Europa com você e com o Dan. Eu não vou incomodar. Tenho dezesseis anos. Sei me cuidar.

— Kit, chega. — Havia algo cortante na voz de Dan. — Nós já discutimos isso mil vezes. Eu sei que o seu lugar na família tem sido diferente do lugar da maioria das meninas; quando vocês duas estavam sozinhas, a sua mãe tratava você mais de igual para igual do que como uma criança. Você é teimosa, independente e muito acostumada a decidir as coisas. Mas você *não* vai junto para a nossa lua de mel.

— Mas eu não entendo... — começou Kit.

Dan a interrompeu.

— Já chega. Você está perturbando a sua mãe.

Ele saiu do carro, encheu o tanque e foi lá dentro pagar. Kit e a mãe ficaram em silêncio até ele voltar, entrar no carro e dar a partida no motor. Então, entraram na rua indicada pelo frentista e passaram pela quadra de comércio e por mais duas quadras de casinhas brancas; depois, por uma ponte em cima de um rio estreito em que a água rodopiava, em espumoso tumulto, por entre pedras acinzentadas. A cidade tinha ficado para trás, e eles começaram a subir.

A vegetação ia ficando mais densa dos dois lados da estrada à medida que os campos cediam espaço ao bosque. Fortes, escuras e ainda com cheiro de verão, as árvores entrelaçavam seus galhos de um lado a outro da via. *Como guardas*, pensou Kit, *protegendo alguma coisa*.

Ela cresceu na cidade grande e nunca teve a chance de conhecer muitas árvores, tirando aquelas no parque e as poucas pequenas e magras na frente da biblioteca pública. Se você olhasse para as árvores lá da cidade com atenção, conseguiria visualizar as estações em suas folhas, que eram de um verde translúcido na primavera e iam perdendo a cor, enrugando e caindo com o gelo do outono.

As árvores pelas quais eles passavam agora eram diferentes, estranhas e selvagens; tinham uma vida própria, só delas. Árvores do campo. Árvores da montanha.

— Não existe nada mais lindo que o norte do estado de Nova York no outono — comentou a mãe de Kit quando o folheto que descrevia Blackwood chegou pelo correio. — A escola parece perfeita. Poucos alunos, bem selecionados, aulas individuais de música e de arte e todo tipo de estudo avançado que você não teria numa escola pública. Ao se formar em Blackwood, Kit, você vai conseguir entrar em qualquer universidade do país.

— Essa Madame Duret tem um currículo impressionante — acrescentou Dan, estudando os textos do material. — Foi dona e diretora de uma escola para meninas em Londres e, antes disso, de outra em Paris. Ela tem um conhecimento impressionante de arte. Eu me lembro de ler um artigo dela uma vez na *Newsweek*. Um dos quadros que ela comprou num leilão era de Vermeer.

— Tracy vai achar isso interessante — disse Kit. Sua melhor amiga, Tracy Rosenblum, se considerava artista.

— Eu me pergunto — disse, cuidadosamente, a mãe de Kit — se os Rosenblum não achariam uma boa mandar a Tracy para Blackwood. Com certeza eles podem pagar, e vocês duas sempre foram inseparáveis.

— Você acha que eles aceitariam? — O entusiasmo de Kit subitamente aumentou. Ela e Tracy eram amigas próximas desde o primário. Ir para um colégio interno não seria tão ruim se Tracy fosse junto.

Assim, por seis semanas ela se deixou levar, aceitando o que viesse: o casamento da mãe com Dan, o plano deles de passar a lua de mel na Europa, as provas intermináveis que eram necessárias para entrar em Blackwood... Tudo na confiança de que logo estaria livre daquilo, fugindo dali com sua melhor amiga.

Então, veio a notícia de que Tracy não tinha sido aceita. Kit ficou sem chão.

— Não vou! — gritou ela. — Não vai ter a menor graça sem a Tracy. — Mas, pela primeira vez na vida, ela se deparou com uma teimosia que dava de igual para igual com a dela.

— Claro que vai — disse Dan, com firmeza. — Você vai fazer novas amizades. Conhecendo você, aliás, não vou ficar surpreso se for eleita presidente do grêmio na primeira semana lá. — Ele sorriu, mas o tom de sua voz não deixava espaço para discussão.

Kit tinha se agarrado a uma última esperança – a de que sua mãe poderia interceder em seu favor –, mas esse pensamento desaparecia a cada quilômetro percorrido. Agora eles estavam na última etapa da viagem, com Blackwood a alguns minutos de distância. Não havia mais como voltar atrás. Era hora de enfrentar o inevitável.

Eles quase passaram direto pela entrada da estrada particular, porque não era asfaltada. Dan pisou no freio, parou o carro e deu ré.

— Será que é por aqui? — perguntou ele, franzindo o rosto. — Não tem indicação. Achei que haveria alguma placa avisando.

— Vamos tentar — sugeriu a mãe de Kit. — Já andamos dezesseis quilômetros e não apareceu nenhuma outra estrada.

— Não deixamos passar, acho. — Dan pegou o desvio, e Kit sentiu os pneus afundarem um pouco no solo rico e úmido.

Eles seguiram devagar por vários metros; então, a estrada fez uma curva e as árvores se fecharam atrás deles. Era como se a autoestrada nunca tivesse existido. Agora, estavam num mundo frio de trevas, em que o único som era o farfalhar das folhas e o único cheiro era a fragrância doce e selvagem da terra e do mato.

— Não pode ser aqui — disse Dan.

Eles continuaram lentamente pelo caminho, enquanto a estrada dava voltas e mais voltas; de repente, avistaram uma cerca de estacas altas, com um portão aberto. O cascalho crepitava embaixo das rodas.

— É aqui — exclamou Kit. Surpresa, ela acabou pensando alto — Olha ali a placa: Blackwood!

Por um instante, ela esqueceu que não queria estar ali e simplesmente se ajeitou no banco do carro, observando de olhos arregalados a vista diante deles. Ali, numa elevação à frente, havia uma casa como ela nunca tinha visto, nem mesmo em seus sonhos mais estranhos.

    Era enorme, com três andares e um telhado negro tão íngreme que parecia cair, não se inclinar na direção da borda. As paredes eram feitas de pedras cinza, e não havia duas delas que fossem do mesmo tamanho e formato; estavam dispostas umas sobre as outras, encaixando-se como um quebra-cabeça infantil. A imensa porta da frente era ladeada por leões de pedra, e os degraus que levavam à rampa de acesso eram feitos da mesma rocha. No meio do segundo andar, havia uma janela recuada, com vitrais. As demais janelas eram de construção mais comum, mas o sol do fim da tarde batia nelas naquele instante, de modo que o interior da mansão parecia incendiado por chamas alaranjadas.

    — Meu Deus! — exclamou Dan, soltando o fôlego em seguida, num grave assobio. — Kit, você vai é se dar bem por não ir com a gente para a Europa. Vai morar num castelo.

    — No folheto não era assim — disse Kit. — Ou era?

    Ela tentou se lembrar da foto da escola que aparecia no material, mas não conseguiu. Tinha a impressão de que a foto era de um prédio bem normal, grande, claro, como deveria ser uma escola, nada de mais.

    — A foto não fazia jus à casa — disse a sua mãe. — E pensar que isso um dia foi uma residência particular! É difícil imaginar que tipo de gente viveu aqui, tão no alto das montanhas, tão longe da cidadezinha mais próxima.

    Dan engatou a primeira marcha e eles continuaram a subir a rampa de acesso.

    Mas, por alguma razão, Kit sentia como se eles não estivessem percorrendo distância alguma. A casa continuava parada acima deles, sem se aproximar mais do que quando viraram no portão. Era uma ilusão, ela sabia; tinha alguma coisa a ver com a curva da rampa de acesso e com o ângulo de aproximação, mas o carro parecia não estar se mexendo. Era como se a casa ficasse cada vez maior, estendendo seus grandes braços cinzentos para recolhê-los. Ela não conseguia tirar os olhos das janelas reluzentes, dançando diante dela como cem sóis em miniatura. Kit estremeceu com a sensação de um vento gélido soprando em seu coração.

— Mãe... — disse ela, baixinho, e depois, mais alto: — Mãe?

— Que foi, querida? — A mãe se virou para olhar para ela.

— Eu não quero ficar aqui — disse Kit.

— Olha só — disse Dan, sem paciência —, não adianta nada ficar insistindo nisso. Nós não vamos levar você para a Europa conosco. Ponto-final. É melhor aceitar isso, Kit. Sua mãe e...

— Não é isso — disse Kit, exaltada. — Não me importa onde eu vou ficar, Dan. Eu posso voltar para a cidade e morar com os Rosenblum enquanto você e a mamãe estiverem fora. Ou então vou para outro colégio interno. Acho que vários me aceitariam.

— Qual é o problema, querida? — perguntou a mãe, preocupada. — A casa é peculiar, mas é maravilhosa. Você vai se acostumar. Antes que você perceba, vai estar tão à vontade aqui quanto estava na Escola Pública 37.

— Eu nunca vou me sentir à vontade aqui! — gritou Kit. — Você não sente, mãe? Tem alguma coisa estranha. Esse lugar parece... — Ela não conseguia achar a palavra certa, por isso ficou calada enquanto a casa se aproximava, até ficar diante deles.

Dan parou o carro, saiu e deu a volta para abrir as portas.

— Aqui estamos — disse ele. — Pode saltar. Vamos falar com Madame Duret, e aí eu volto para pegar a bagagem.

Então, Kit encontrou a palavra que estava procurando: *amaldiçoado*.

Capítulo 2

A mulher que abriu a porta era completamente cinzenta. Seu cabelo parecia palha acinzentada, puxado para trás, bem apertado, e ela tinha os olhinhos afiados de um rato cinza. Usava um vestido também cinza, de bainha baixa, coberto por um avental branco engomado.

Os olhos da mulher passaram rapidamente de Kit para a mãe e, depois, para Dan. Por um instante, a garota teve a impressão de que ela fecharia a porta na cara deles.

— Eu sou o sr. Rolland — disse Dan, impedindo que isso acontecesse. — Estas são minha esposa e a filha dela, Kathryn Gordy. Madame Duret nos espera.

— Hoje é segunda-feira. — A mulher de cinza falava com sotaque tão forte que era difícil compreender as palavras. — Até amanhã, a escola, ela não abre.

— Estamos cientes — disse Dan. — Combinamos que Kit chegaria um dia antes. A sra. Rolland e eu viajaremos amanhã e precisamos voltar de carro à costa leste hoje à noite.

— Não é hoje o dia — disse, outra vez, a mulher. — As aulas, elas ainda não começaram.

— Lucrécia! — Uma voz severa gritou do corredor. — Essas pessoas podem entrar.

Um instante depois, a empregada deu um passo para o lado e a própria Madame Duret postou-se emoldurada pelo caixilho, sorrindo um cumprimento.

Ela continua igual, pensou Kit, lembrando de quando a viram pela primeira vez. Tinha sido em maio, quando Madame fora à cidade aplicar as provas de admissão a Kit e a Tracy. Na época, ela já tinha um semblante imponente; agora, no cenário de Blackwood, era mais imponente ainda.

Madame Duret era uma mulher alta, com um metro e oitenta ou até um pouco mais, pele cor de oliva e um rosto chamativo, com as maçãs do rosto pronunciadas. Sua altura era aumentada pelo cabelo negro e lustroso, que ela usava alto, como se fosse uma coroa, e a força de seu rosto era acentuada pelas negras sobrancelhas e pelo nariz reto e afiado. Mas seu traço mais marcante eram os olhos. Eles eram escuros, fundos, com uma expressão tão intensa que podia ser sentida quase fisicamente.

— Como é bom revê-la. — A voz de Madame era grave e graciosa, com uma levíssima sugestão de sotaque francês. — Por favor, perdoe-nos. Estávamos tão atribulados aqui nessa semana, com todos os preparativos para a chegada de jovens, que não tive a oportunidade de mencionar a Lucrécia que uma das meninas viria antes.

— Espero que não seja um grande inconveniente — disse a sra. Rolland. — É que viajamos amanhã num cruzeiro. Simplesmente não tinha como...

— Mas claro! Claro! Por favor, entrem. Vocês tiveram problemas para achar o lugar?

— Nem tanto — disse Dan. — Pegamos informações na cidade.

Seguiram Madame Duret enquanto ela ia por um corredor com pé-direito alto e arqueado, chegando a uma sala de mobília agradável e TV de tela plana.

— Por favor, sentem-se. — Madame indicou as cadeiras. — O que eu posso oferecer a vocês? Café, talvez... Ou vinho? Que tal uma taça de xerez?

— Seria ótimo — disse Dan. — Ginny?

— Ótimo — disse a mãe de Kit. — Obrigada. Realmente, Madame Duret, como é fantástico este lugar. Foi mesmo a residência de alguém?

— De fato, foi — disse Madame. — Lucrécia! — Ela se dirigiu à pequena mulher cinza, que tinha aparecido sem fazer nenhum ruído, como se atendesse a um chamado silencioso. — Por favor, traga três taças de xerez e uma Coca-Cola. Kathryn, você aceita um refrigerante?

— Sim, por favor — disse Kit, timidamente.

— Esta propriedade inteira — continuou Madame, voltando-se outra vez para os Rolland — era de um homem chamado Brewer, que faleceu há mais de dez anos. Desde então, ficou vazia. Os herdeiros, primos distantes, ao que parece, vivem na costa oeste e a deixaram nas mãos de um corretor. Ninguém quis comprá-la, o que é compreensível; não é uma residência comum para uma família, como vocês podem ver, e, tendo ficado vazia esse tempo todo, a reputação da casa ficou um pouco peculiar. Os adolescentes da cidade vinham namorar aqui e voltavam para casa contando todo tipo de história esquisita, falando de luzes nas janelas e de criaturas sem corpo flutuando no jardim. — Ela riu, e os Rolland riram junto.

— Parece emocionante — disse a mãe de Kit. — Espero que minha filha mande cartas fantásticas contando suas aventuras aqui.

A conversa foi interrompida no momento em que Lucrécia chegou com a bandeja. Kit pegou seu copo, contente por ter o que fazer com as mãos. O terrível sentimento que se abatera sobre ela no primeiro momento em que vira Blackwood tinha, em certa medida, desaparecido, mas a sombra dele ainda permanecia.

— Quantas alunas serão? — perguntou ela.

— Nunca sabemos com certeza — disse Madame Duret. — Temos sempre as que desistem no primeiro dia por ficarem com saudades de casa e dos pais. Vamos saber a contagem final na orientação de amanhã. Pessoalmente, acho que sair de casa para estudar é uma experiência educacional que deveria fazer parte da vida de toda moça.

A conversa continuou, e Kit ficou ali, sentada, bebendo sua Coca-Cola, ouvindo sem muita atenção. *Amanhã*, pensou, *haverá outras meninas nesta sala*. Talvez, com as vozes jovens soando pelos corredores, rindo, conversando e vendo a TV gigante, a atmosfera em Blackwood fosse diferente. Talvez, como Dan tinha sugerido, houvesse entre as recém-chegadas alguém que fosse o tipo de amiga que Tracy era: próxima, companheira e sempre pronta para a diversão.

Dan olhou o relógio.

— Detesto apressar as coisas, mas ainda temos muita estrada pela frente. Melhor eu sair e pegar as malas de Kit.

— Lucrécia vai mostrar onde colocá-las. — Madame Duret levantou-se da cadeira. — Enquanto o senhor pega a bagagem, talvez a sra. Rolland aprecie uma volta rápida por Blackwood.

— Eu adoraria — disse-lhe a mãe de Kit. — É uma mansão antiga e fascinante. A senhora fez muitas reformas?

— Nem tanto, sabia? — respondeu Madame, seguindo pelo corredor. — O prédio original era bem construído. Só precisamos mesmo restaurar parte da ala superior dos dormitórios, onde uma vez houve um incêndio. A estrutura de pedra suportou bem, mas o revestimento de madeira foi queimado e a mobília precisou ser trocada. Tentei o máximo que pude reproduzir o estilo das peças originais.

Enquanto seguia pelo corredor, indicava várias portas, umas fechadas, outras abertas.

— O cômodo do qual acabamos de sair é a sala de estar, ou, como eu prefiro chamar, a sala de visitas. A porta aqui à direita leva ao meu escritório, e depois dele ficam os aposentos que divido com Jules, meu filho. Há uma residência de hóspedes atrás da casa, que foi convertida em apartamentos para os demais membros do corpo docente. Aqui é a sala de jantar. No canto, fica a entrada para a cozinha. Estas portas levam às salas de aula.

Ela parou perto de uma porta, abriu-a e acendeu a luz. Um pequeno piano de cauda ocupava um canto inteiro do cômodo, enquanto a parede oposta estava coberta por diversos instrumentos musicais. Estantes para partituras, cadeiras confortáveis e um sistema de gravação estranhamente moderno completavam o cenário.

— Esta, é claro, é a sala de música. Você tem inclinação para a música, Kathryn?

— Fiz um ano de piano — disse Kit —, quando tinha onze anos. Não posso dizer que eu era boa.

— Você só foi impaciente — disse a mãe. — Não se dedicou a praticar. Espero que aqui em Blackwood você aproveite a chance de estudar música. É uma coisa que vai te dar prazer a vida toda.

— Dedicamos muito tempo e muito esforço ao estudo das artes — disse Madame, desligando a luz e fechando a porta. — Se a senhora tivesse mais tempo, sei que adoraria conhecer os livros da nossa extensa biblioteca. As pinturas na casa representam meu hobby de colecionar obras pouco conhecidas de artistas famosos. Mas vejo que a senhora está mais interessada em ver onde Kathryn vai morar.

A escada era curva, e lá no alto um imenso espelho parecia dobrar o comprimento do corredor do outro andar. No fim do corredor, ficava o vitral que tinha chamado atenção quando Kit, Dan e Ginny estavam se aproximando da casa; o sol passava por ele, iluminando o espaço com as cores de um arco-íris.

Uma série de portas dava para o corredor dos dois lados. Madame Duret parou na frente de uma delas, vasculhou o bolso da saia procurando uma chave e inseriu-a na fechadura de bronze. Virou-a, retirou-a e entregou a chave a Kit.

— Aqui em Blackwood acreditamos em privacidade — disse ela. — Cada aluna tem a chave de seu próprio quarto e é incentivada a manter o ambiente trancado quando não está nele. Aqui, Kathryn, vai ser onde você vai fazer seu ninho.

Ela abriu a porta, e Kit ouviu a mãe respirar fundo. Ela mesma não pôde conter um arquejo de surpresa, porque o quarto era muito mais sofisticado que qualquer coisa que ela poderia imaginar.

A maior peça de mobília era uma cama de madeira escura talhada, com um alto dossel de veludo vermelho. Ao lado, havia uma pequena mesa e uma ornamentada luminária, com candeeiro franjado. Pesados panos dourados ladeavam uma janela e, contra a parede oposta, estava uma cômoda de nogueira, sobre a qual havia um espelho oval com moldura dourada. O chão era coberto por um tapete persa, e debaixo da janela havia uma escrivaninha de abrir com outra luminária, para estudo.

— Esse quarto está muito longe da imagem que eu tenho de um dormitório escolar! — exclamou a sra. Rolland.

— É muito bonito — concordou Kit, perplexa. Ela ensaiou estender a mão para acariciar a colcha. — É veludo de verdade?

— É, sim — disse Madame Duret. — Queremos que Blackwood seja mais que uma mera escola para nossas alunas; queremos que seja uma experiência a levar consigo por muito tempo. Acreditamos que a beleza enriquece o espírito e que os jovens deveriam aprender a estar à vontade com coisas bonitas.

— Mas só tem uma cama — a questão surgiu subitamente para Kit. — Eu não vou ter uma colega de quarto?

— Não em Blackwood — disse Madame. — Todas as alunas têm quarto e banheiro privativos. Eu acho que a privacidade ajuda a estudar, e você?

— Acho que sim — disse Kit, recordando os planos que ela e Tracy tinham feito de dividir um quarto. Era verdade que elas provavelmente teriam mais conversado que estudado, mas teria sido divertido.

— Olá! — chamou Dan, do alto da escada. — Estou com algumas malas aqui que parecem estar cheias de tijolos. Onde é para colocar?

— Aqui, querido — respondeu Ginny. — Venha ver o quarto da Kit. Você não vai acreditar!

— Uau! — Dan apareceu na porta, carregando uma mala em cada mão. — Parece mais um palácio que uma escola. Aqui você não vai conseguir deixar suas coisas espalhadas, Kit.

— Nós confiamos que nossas alunas vão cuidar de seus quartos — disse Madame Duret, com tranquilidade. — Agora, se vocês me dão licença, preciso descer e discutir o jantar com a equipe da cozinha. Nunca jantamos tarde, Kathryn, porque a menina que cozinha mora na cidade e volta dirigindo para casa toda noite. O jantar será servido às seis e meia no salão.

— Tudo bem — disse Kit. — Obrigada.

— Obrigada, Madame Duret — disse a mãe de Kit. — Passaremos lá para nos despedir.

Eles todos ficaram parados em silêncio, ouvindo os passos rápidos e fortes da diretora, enquanto ela ia apressada corredor afora.

— Que mulher — comentou Dan, em voz baixa. — Imagine o trabalho que ela deve ter tido para transformar esse lugar tão antigo numa escola moderna.

— Impressionante, com certeza. — A mãe de Kit voltou-se para ela. — Querida... — Quando puxou a filha para si, Kit notou o tom de súplica em sua voz. — Querida, você vai ficar feliz aqui, não vai? Eu não vou aproveitar um instante da viagem se achar que você não está bem. Nós *podemos* arrumar outra coisa, mesmo que isso signifique fazer outro cruzeiro, depois. Sua felicidade é a coisa mais importante para mim.

Naquele momento, Kit sentiu seu ressentimento ir embora. Ela tinha vencido, mas não poderia tirar proveito da vitória. Com os braços em volta da mãe, ela lhe deu um abraço caloroso.

— Claro que eu vou gostar daqui — disse ela, com a voz suave. — Espero que você e o Dan tenham uma lua de mel maravilhosa. Você merece, mãe, mais que todo mundo. Desculpe por eu ter sido tão chata. Ficarei feliz aqui, prometo.

Havia algo que a perturbava, no fundo de sua mente. Mas Kit resolveu deixar por isso mesmo. De todo modo, não era realmente importante saber por que a porta de seu quarto em Blackwood tinha uma tranca do lado de fora... mas não do lado de dentro.

Capítulo 3

A cama era alta e bonita, mas não propriamente confortável. Kit se deitou sobre a colcha de veludo e ficou olhando o dossel em tom de vinho. Alguém – teria sido Poe? – tinha escrito uma história sobre uma cama exatamente como aquela, em que o dossel descia lentamente à noite para sufocar a pessoa que tivesse o azar de dormir sob ele. Na escola, tinham lido a história no ano anterior, e a turma soltara risadas agudas e incrédulas. A história já não parecia tão engraçada.

Não gosto de dosséis, decidiu Kit, *e não gosto de colchões duros. Mas vou gostar em Blackwood nem que eu morra. Prometi à mamãe.*

Já fazia mais de uma hora que a mãe e Dan tinham partido, e ela ainda não começara a desfazer as malas. Ela se deitou na cama só para ver como era e, uma vez deitada, ali ficou, fitando o dossel e pensando.

Ela *tinha* sido chata nas semanas anteriores. Admitia isso agora, e estava com vergonha de si mesma. A mãe havia passado por momentos difíceis, de sofrimento e solidão desde a morte do pai de Kit, e merecia qualquer felicidade que passasse por seu caminho. Talvez Dan não fosse a pessoa que Kit escolheria como padrasto, mas, se a mãe o amava, isso bastava. Para ser justa, nenhum homem que a mãe escolhesse como segundo marido teria deixado Kit totalmente satisfeita. Ela era próxima do pai, e ninguém jamais tomaria o lugar dele.

Kit fora a última pessoa a vê-lo. Ninguém jamais acreditou nisso, mas era verdade. Com sete anos na época, ela tinha acordado à noite e visto o pai aos pés de sua cama, olhando para ela. Ainda que o quarto estivesse escuro, ela o viu claramente, de cabeça baixa, olhos acinzentados melancólicos, e um universo de amor refletido em seu rosto anguloso, de traços fortes. Kit ergueu-se sobre os cotovelos e o encarou.

— Pai? O que você está fazendo aqui? Achei que você estava trabalhando em Chicago.

Quando ele não respondeu, ela estremeceu, percebendo subitamente o quanto o quarto estava frio, mesmo que fosse uma noite de verão. Ela se deitou outra vez sobre o travesseiro, puxando o lençol e a colcha até o queixo e deixando os olhos se fecharem por um instante. Quando os abriu de novo, era dia, e a luz do sol raiava pelas janelas, formando padrões dourados ao refletir no tapete do quarto.

Ela se levantou, colocou um short e uma camiseta e desceu. A casa estava cheia de gente.

Uma de suas tias se aproximou, passou o braço em torno dela e disse:

— Coitadinha! Pobrezinha!

— O que foi? — perguntou Kit. — O que aconteceu? — Seus olhos abarcaram o grupo à frente dela. — Por que mamãe está chorando?

— Seu pai, querida — disse-lhe a tia. — Houve um acidente ontem à noite, e a sua mãe só recebeu o telefonema hoje de manhã. Ele estava num táxi voltando para o hotel, quando o motorista passou no semáforo vermelho...

— Não pode ser — interrompeu Kit, perplexa. — Ele passou aqui durante a noite. Eu vi. Ele entrou no meu quarto.

— Você estava sonhando, querida — disse a tia, delicadamente.

— Não estava — insistiu Kit. — Estava acordada. O papai passou aqui. Eu vi. — Ela gritou para a mãe, do outro lado da sala: — O papai passou em casa durante a noite, não foi? Você buscou ele lá no aeroporto? Mãe...

O rosto da mãe estava branco e terrivelmente triste, mas ela rapidamente tomou Kit nos braços.

— Quem dera, meu amor — disse ela, com a voz sufocada. — Quem dera.

No ano que se seguiu, houve muitas mudanças na vida delas. A mãe, que nunca tinha trabalhado antes, fez um curso numa escola de administração e arrumou emprego de secretária num escritório de advocacia. Ela vendeu a casa – "Não consigo pagar as prestações da hipoteca e não posso manter o jardim sozinha." – e alugou um apartamento na cidade, perto do escritório em que trabalhava.

Kit sabia que não tinha sido fácil. A mãe era uma mulher bonita e exuberante, e, por mais que amasse a filha, era inevitável que houvesse um vazio em sua vida, um terrível anseio por uma companhia adulta. Isso acabou comprovado pela mudança em seu ânimo desde que conhecera Dan.

Agora mamãe está feliz, e eu também vou ficar, disse Kit a si mesma. Mas ela não conseguia esquecer a sensação que teve na rampa de acesso, o súbito calafrio maligno, como se uma nuvem tivesse deslizado pelo céu e coberto o sol.

Se Tracy estivesse ali, elas teriam rido daquilo. Fariam alguma piada com o dossel carmesim. Tracy provavelmente teria sugerido prender sinos nele para que o barulhinho as acordasse durante o provável ataque noturno. Tracy Rosenblum era equilibrada, inteligente e divertida, e a possibilidade de ela não ser aceita em Blackwood nunca tinha ocorrido a nenhuma delas. Quando a notícia chegou, Kit não pôde acreditar.

— Mas você é uma das melhores da escola! — exclamara, incrédula. — Sempre tira notas melhores que as minhas!

— De repente, foram os testes psicológicos — dissera Tracy. — Ou a entrevista. É possível que a mulher simplesmente não tenha gostado de mim.

— Isso é ridículo. Todo mundo gosta de você. Além disso, você sabia tudo sobre a coleção de obras de arte dela, e sabia conversar sobre o Vermeer que ela descobriu. Ela chamou você de *chérie* o tempo todo. Ela gostou mais de você que de mim.

— Bem, então você pode inventar uma razão. — Tracy dera de ombros. — Eu simplesmente não entrei, ponto-final. Então lá vou eu de volta para a velha Escola Pública 37, e lá vai você para Blackwood. Aguardo as mensagens e os telefonemas.

— Com certeza — prometera Kit. — Mas ainda há uma chance de eu convencer mamãe a não me mandar para lá.

Bom, lá se foi aquela chance. Ali estava ela, estendida no veludo e olhando mais veludo, observando o quarto escurecer à medida que o crepúsculo despontava através da janela.

Num impulso, Kit pegou o celular e digitou o número de Tracy. A mensagem de "fora de serviço" apareceu na tela. Que sorte. Era *mesmo* o meio do nada.

Kit teve vontade de gritar de frustração. Ela teria de usar o e-mail. Na escola deveria ter internet.

Eu deveria desfazer as malas, pensou Kit. *E ligar meu computador.* Mas ela nem sequer se mexeu. Sentia-se sonolenta e pesada, derrubada por um cansaço estranho.

Bateram na porta, e uma voz disse:

— Senhorita Kathryn?

— Sim? — Kit despertou num sobressalto. Com culpa, pôs os pés para fora da cama para que seus sapatos deixassem de tocar a colcha.

— Sim, o que foi?

— O jantar, senhorita. — A voz era inequivocamente de Lucrécia. — Os outros já estão lá embaixo.

— Ah, obrigada. Acho que perdi a hora.

Empurrando as pernas para fora da cama, Kit sentou-se. Para sua surpresa, ela viu que num instante o crepúsculo lá fora tinha virado noite. O quarto estava muito escuro.

Estendendo a mão, mexeu na luminária na mesa ao lado da cama, achou um botão na base e apertou. A luz se acendeu, e sombras saltaram alto contra a parede oposta.

Queria que tivesse uma luz no teto, pensou Kit, levantando-se. *Assim as coisas já estão antiquadas e charmosas demais.*

Ela foi até a escrivaninha e ligou a outra luminária, o que ajudou um pouco. Kit sabia que deveria trocar de roupa, já que estava toda amarrotada da viagem, mas, com o jantar já à mesa, pareceu melhor não demorar mais. Ela chegou a um meio-termo, esfregando as mãos e o rosto e passando um pente por sua vasta juba loira.

O rosto refletido no espelho do banheiro não era bonito, pelo menos não do jeito convencional. A boca era um pouco larga demais, o queixo, quadrado demais. Mas os olhos acinzentados eram francos e amigos, e as maçãs do rosto estavam repletas de vitalidade e boa saúde. Era um rosto simpático, e a única vez em que Kit pensou nisso foi quando notou a semelhança cada vez maior do seu rosto com o do pai.

Deixando as luzes acesas no quarto, ela saiu no corredor e fechou a porta atrás de si. Imediatamente, viu-se de pé num túnel de trevas. O corredor não tinha iluminação, exceto uma única lâmpada dentro de um globo de vidro fosco no alto da escada. Kit andou lentamente na direção dele e, para sua surpresa, viu uma figura magra e pálida movendo-se em sua direção, como se estivesse saindo da parede além das escadas.

Ela parou, e a figura parou. Ela deu um passo hesitante e, subitamente, percebeu seu próprio reflexo no espelho acima da escada.

— Boa, Kit — disse ela, em voz alta, indignada consigo mesma. — Daqui a pouco você vai estar vendo vampiros.

Colocando a mão no suave corrimão de mogno, ela desceu as escadas para o corredor do andar de baixo. Este era bem iluminado, e, ainda que estivesse vazio, ela ouviu o tilintar de copos e talheres numa sala mais além. Seguindo os sons, andou pelo corredor até a porta do salão de jantar e olhou lá dentro.

O salão era imenso, com o pé-direito alto e arqueado e um lustre de cristal tão grandioso que devia ter sido roubado do cenário de algum filme de época. Abaixo, havia uma larga mesa circular coberta com uma toalha branca e arrumada com velas e pratos de porcelana. Três pessoas estavam sentadas nela, e havia um quarto lugar. Madame Duret ergueu os olhos da conversa e viu Kit de pé na porta.

— Entre, querida. Desculpe-nos por começarmos sem você, mas em Blackwood o jantar é servido prontamente às seis e meia.

— Desculpe — disse Kit, sem graça. — Acho que peguei no sono.

Enquanto ela entrava no salão, os dois homens na mesa se levantaram, e Madame os apresentou.

— Kathryn Gordy, apresento-lhe o professor Farley e meu filho, Jules.

— Prazer em conhecê-los — disse Kit.

O cavalheiro de mais idade à frente dela tinha entradas no cabelo e uma barba curta e branca, perfeitamente aparada. Kit apertou polidamente sua mão, mas seus olhos já tinham se transferido para Jules Duret.

Magro e de ossos finos, com o cabelo negro e brilhoso emoldurando um rosto tão perfeito que poderia ser de uma estrela de TV, ele sem dúvida era o cara mais lindo que ela já tinha visto na vida.

— Você não quer se sentar? — perguntou, com gentileza, Madame Duret. Ela estendeu a mão e ergueu o sininho prateado que ficava ao lado de seu copo d'água. Com o tilintar, uma porta no fundo do salão se abriu e uma moça simples e sem expressão apareceu, vestindo uniforme azul.

— A senhorita Kathryn chegou, Natalie — disse Madame. — Ela vai tomar a sopa. — A moça acenou com a cabeça e retirou-se para pegar a refeição.

Madame sorriu para Kit enquanto ela se acomodava à mesa.

— É agradável tê-la aqui conosco um dia antes, Kathryn. O professor Farley será seu instrutor de Matemática e de Ciências. Jules acaba de se formar num conservatório musical na Inglaterra e dará aulas de piano.

— Os outros professores ainda não chegaram? — perguntou Kit, desdobrando o guardanapo e apoiando-o no colo. Houve uma ligeira pausa, que Natalie preencheu colocando uma tigela de sopa à sua frente.

— Não haverá mais ninguém — disse Jules, após um instante. A voz dele tinha a mesma mistura charmosa de sotaques que a da mãe, sutil a ponto de ser quase imperceptível, mas acrescentando certo colorido à fala.

Kit olhou para ele, surpresa.

— Você está brincando, certo?

— Também eu vou dar aulas — disse-lhe Madame. — Serei instrutora de Língua, de Literatura e, é claro, de Arte, caso haja interesse.

— Mas o folheto mencionava vários cursos diferentes — exclamou Kit. — Como pode haver tantos, se só há três pessoas para ministrá-los?

— Você não precisa se preocupar com isso, Kathryn — disse o professor Farley, enquanto seus velhos olhos sábios pareciam cintilar à luz das velas. — Você receberá em Blackwood toda a atenção que jamais poderia imaginar. Tive o prazer de dar aulas na escola de Madame Duret na Inglaterra muitos anos atrás e fiquei tão impressionado com suas realizações que a convenci a abrir uma escola aqui nos Estados Unidos.

— Que tal seu quarto, *chérie*? — perguntou Madame. — Temos mais cobertores, se você precisar. E você tem cabides suficientes?

— Tudo parece ótimo — disse Kit. — Eu só gostaria de usar meu celular. E tem outra coisa: a luz no corredor parece fraca demais. Eu não tinha reparado de tarde por causa da luz da janela, mas agora à noite está bem escuro.

— Eis um dos problemas de reformar um lugar antigo — disse o professor Farley. — Aquela fiação do andar de cima simplesmente não resolve. Madame tenta chamar eletricistas da cidade, mas é difícil.

— Talvez pudéssemos retirar o globo — disse Madame Duret — e usar uma lâmpada com mais potência. Como medida temporária, claro, até mudarmos a instalação.

—Ah, tudo bem — disse Kit, meio envergonhada. — Eu não quis criar caso por causa disso. Normalmente não me preocupo com esse tipo de coisa, é só que o andar do dormitório está tão vazio, agora... Não vai fazer diferença amanhã, quando as outras garotas chegarem e ele estiver repleto de gente.

Houve um instante de silêncio. Madame Duret ergueu o guardanapo e passou-o suavemente pelos lábios. O professor Farley bebeu um gole de água. Kit virou para Jules, cuja cabeça estava curvada sobre o prato.

— Vai ser diferente amanhã — disse ela, de novo —, depois que todo mundo chegar.

— Naturalmente — disse Jules. — Vai parecer diferente amanhã. — Ele ergueu a cabeça, mas seus olhos não encontraram os dela. Sua expressão era estranha e fechada.

Naquela noite, Kit sonhou que o dossel baixava-se sobre ela. Ela sonhou duas vezes com isso. Lenta e suavemente, o ar a pressionava à medida que a grande bolha ondulada de veludo cor de vinho descia para assentar-se sobre seu rosto.

Da primeira vez que ela acordou, tremendo, logo procurou a luminária na mesa ao lado da cama. Apertou o botão na base, e imediatamente o quarto foi tomado por uma luz fraca e amarelada.

Sentando-se, Kit olhou ao redor. O quarto estava em perfeita ordem, tirando uma pilha de roupas que ela tinha largado numa cadeira e as duas malas, apenas parcialmente desarrumadas, deitadas abertas no chão ao lado do armário.

O dossel permanecia acima dela, exatamente onde deveria estar.

Kit desligou a luz e deitou-se sobre o travesseiro; passado algum tempo, dormiu. Quando acordou de novo, despertada pelo mesmo sonho, ligou a luminária e, dessa vez, a deixou acesa pelo resto da noite.

Capítulo 4

De manhã, Kit riu de si mesma pela bobagem toda da noite anterior. A luz do sol entrava, brilhante, pela janela, caindo em jorros dourados sobre os ricos tons de cor do carpete e capturando a cintilação da marcenaria de um jeito que fazia o quarto reluzir de beleza. O dossel era apenas um dossel, uma decoração suntuosa daquilo que sem dúvida deveria ser classificado como uma das camas mais elegantes do mundo.

Kit passou as pernas para o lado e pisou descalça no tapete, que era espesso e luxuoso. Ela o escavou com os dedos ao cruzar o quarto até a janela. Uma vez ali, ela se perguntou como poderia ter deixado de olhar por ela no dia anterior, porque a vista era tão espetacular que seu coração saltou de prazer.

Abaixo, havia um jardim, em que flores tardias do verão ainda brotavam e pelo qual passava um estreito caminho de cascalho que serpeava como um labirinto, dividindo-se, dando voltas e reencontrando-se de novo. Além dele, um trecho de grama que levava a um lago. O lago não era grande, mas cintilava como prata à luz da manhã, liso, plano e luminoso feito um espelho. Atrás dele, erguia-se o bosque, em volta da margem oposta, formando uma curva completa para cercar Blackwood por todos os lados.

Acima de tudo, erguia-se o céu, azul e límpido, num arco alto e magnífico. O ar tinha um cheiro fresco e doce. Desse lado da casa, Kit não conseguia ver a rampa de acesso. Ela a imaginava cheia de carros e de pais atormentados tendo que descarregar as malas. Logo haveria outras meninas no corredor, rindo e conversando, vendo o que tinham em comum e correndo para o quarto umas das outras.

Que bom que cheguei antes, pensou Kit enquanto se vestia. *Assim meio que me sinto em vantagem.* Ela arrumou a cama e desfez as malas, pendurando vestidos e saias no armário e dobrando outras roupas para guardar nas gavetas da cômoda. Ela tinha colocado na segunda mala as suas fotografias. Em uma, ela estava com Tracy; a foto tinha sido tirada três anos antes, na festa de aniversário de treze anos da amiga. Elas estavam rindo e posando com os braços em torno dos ombros uma da outra, em frente a uma imensa torta de chocolate.

A outra foto era de seus pais na lua de mel. A mãe tinha mandado ampliá-la e emoldurá-la para Kit logo após a morte do pai.

— Quero que você se lembre dele — dissera à filha.

Como se algum dia eu pudesse me esquecer, pensava Kit agora, analisando a foto. Os olhos claros do pai riam alto para ela, e o queixo obstinado, tão parecido com o seu, dava um ar de força a um rosto ainda redondo e juvenil. Da menina agarrada ao braço dele era mais difícil de se lembrar. Será que a mãe de Kit tinha mesmo sido tão jovem e descontraída, tão cheia de alegria?

Seja feliz, mãe, disse-lhe Kit silenciosamente. *Por favor, seja feliz com o Dan.* Mas não importavam o companheirismo e a segurança que a mãe pudesse encontrar em um segundo casamento: no fundo, Kit sabia que ela jamais voltaria a ser a menina daquela foto.

Ela colocou a fotografia dos pais na cômoda e deixou a foto dela com Tracy na moldura do espelho. Sentiu falta de alguma coisa. *Eu deveria ter trazido alguns pôsteres ou então fotos de meninos bonitos da escola,* percebeu, pensando nas decorações mais comuns nos dormitórios estudantis. Ela tinha uma tonelada de fotos em casa, tiradas em festas.

Na verdade, pensou Kit, resignada, *qualquer foto de menino que eu tivesse trazido seria totalmente sem graça diante de Jules Duret. Aposto que Blackwood está cheia de alunas de piano dedicadas.*

O mal-estar do dia anterior tinha passado. Hoje o mundo estava claro e brilhante. Quando saiu do quarto, viu o corredor repleto da mesma luz de antes, colorida, em prisma. A figura que se aproximava das profundezas do espelho não a assustou dessa vez; em vez disso, ela até parecia uma amiga. Kit acenou e sorriu para ela, contente com a imagem asseada e de rosto límpido que acenava de volta.

Não havia ninguém no corredor do outro andar, mas se ouvia um murmúrio de vozes através da porta fechada do escritório de Madame. Kit passou por ali, foi para o salão de jantar e viu que estava vazio. O som de água corrente chegou a ela, vindo de outro cômodo. Atravessando o salão, Kit abriu a porta e entrou na cozinha.

A menina magra que servira o jantar na noite anterior estava de pé na frente da pia, lavando uma frigideira. Ela ergueu os olhos e franziu o rosto na hora em que Kit entrou.

— O café da manhã já foi encerrado, mas a senhora falou para eu preparar alguma coisa, se a senhorita quiser. Eles tomaram o café às oito. Já passa das dez.

— Dormi demais — disse Kit, em tom de desculpas — e resolvi desfazer as malas. Meu nome é Kit Gordy. O seu é Natalie, não é?

A menina acenou com a cabeça.

— Natalie Culler. O que você quer comer?

— Não precisa fazer nada para mim, não se preocupe — disse Kit. — Eu preparo umas torradas, se não tiver problema.

A menina fez um gesto para interrompê-la.

— Esse é o meu trabalho. Quem cozinha sou eu. — Ela tirou duas fatias de pão de um pacote e as colocou na torradeira. — Afinal, é para isso que sou paga.

— Você serve as mesas e também cozinha? — questionou Kit. — É trabalho demais para uma pessoa só. Vai haver alguém para ajudar quando as alunas chegarem aqui?

— Não serão tantas assim — disse Natalie. — Já tenho dezoito anos e cozinho desde os doze. Algumas pessoas a mais não fazem diferença.

— Mas puxa! Uma escola inteira cheia de meninas! — Kit olhou para ela, com receio. — Isso não quer dizer...

A menina a interrompeu.

— A torrada está pronta, senhorita. Aqui está a manteiga, e a geleia está ali no balcão. — Ela fez uma pausa e acrescentou em tom de desculpas: — A senhora, Madame Duret, não quer a equipe da cidade conversando com as alunas. Ela disse isso quando contratou a gente. Eu posso perguntar às pessoas o que elas querem e esse tipo de coisa, mas é só.

— Ah — disse Kit, sem jeito. — Bem, eu não quis arrumar confusão.

— Eu sei, senhorita, mas este emprego é muito importante para mim. Não é fácil achar trabalho em tempo integral na cidade de Blackwood. Então, de repente, é melhor a senhorita pegar o café e comer na sala de jantar, tudo bem?

— Ok — disse Kit. — Claro.

Ela abriu a porta da cozinha e foi para o salão. A porta fechou-se atrás dela, tapando o mundo cotidiano da área da cozinha, e imediatamente a beleza escura do salão de jantar de Blackwood a cercou. As janelas na altura do chão eram protegidas do exterior por altos arbustos. A luz que passava por entre as folhas era tênue e difusa. A mesa redonda brilhava delicadamente com verniz, e o lustre de cristal pendia silencioso e pálido acima dela.

O salão estava tão vazio e tão sem movimento e som que Kit passou apressadamente por ele e voltou para o corredor da entrada.

A porta do escritório estava aberta. Madame estava ali, falando com uma menina franzina e ruiva.

Ela virou na hora em que Kit veio do outro lado da porta e disse:

— Aqui está uma das nossas novas alunas. Kathryn, venha cá, querida. Quero apresentá-la a Sandra Mason.

— Olá — disse Kit, contente por enfim ver outra menina.

— Oi. — A menina de cabelo claro sorriu timidamente. Ela tinha um rosto estreito, delicado e um nariz arrebitado, salpicado de sardas.

— Sandra veio de ônibus até a cidade — explicou Madame Duret. — O professor Farley a encontrou lá e a trouxe até Blackwood. Você a levaria ao andar de cima, Kathryn? O quarto dela vai ser o 211, o do canto, no fim do corredor.

— Será um prazer — disse Kit, subitamente sentindo-se ridícula cheia de torradas nas mãos. Ela procurou algum lugar para deixá-las, não viu e decidiu aproveitar a situação: — Quer tomar café?

— Não, obrigada — disse a menina, séria. — Comi na cidade.

Alguns momentos depois, enquanto elas deixavam Madame para trás e subiam as escadas, a ruiva acrescentou:

— A verdade é que não.

— A verdade é que não o quê? — perguntou Kit.

— Comprei café e uma rosquinha numa delicatéssen, mas não consegui comer. Acho que estava muito nervosa. Afinal, nunca morei fora de casa antes.

— Nem eu — disse Kit. — Cheguei ontem, e eu não estava exatamente preparada para a experiência.

— A casa ali no fim do acesso, depois dos portões... Quando vi aquilo do carro, não conseguia acreditar...

— Se você se impressionou com *isso* — disse Kit —, espere só até ver os quartos.

O quarto 211 era idêntico ao de Kit, tirando o fato de que ficava num canto e tinha uma janela voltada para a rampa de acesso. As cores eram verde e dourado, não vermelho, mas a mobília ornamentada, o carpete felpudo e os pesados tecidos eram os mesmos.

Kit viu no rosto de Sandra o mesmo assombro que ela tinha experimentado no dia anterior.

— É tão... diferente! — exclamou a garota. — Acho que eu deveria ter percebido isso no folheto, mas por alguma razão as coisas não pareciam... ser desse jeito.

— Com certeza — concordou Kit. — É como um palácio. Fui a única pessoa que dormiu nessa ala na noite passada. Tive uns sonhos esquisitos. Só espero que os pesadelos não sejam cortesia dos quartos.

— Também espero que não. Eu não durmo exatamente muito bem. — A menina sorriu, nervosa. — Aliás, pode me chamar de Sandy. Ninguém me chama de Sandra, só Madame Duret.

— E ninguém nunca me chama de Kathryn — disse Kit. — Só de Kit. Sabe de uma coisa? A gente já está quase no fim da manhã e eu não vi mais ninguém além de você. Você não acha que as outras alunas já deveriam ter chegado?

— Tem alguém aqui — disse Sandy. — Ouvi um carro chegando. — Ela foi até a janela e ficou ali parada, olhando para fora. — Duas garotas e um homem. Ele deve ser motorista, porque está de uniforme.

— E os pais? — Kit se aproximou de Sandy. — Estranho, né? A gente imagina que os pais iam querer ver as filhas instaladas e dar uma olhada em onde elas vão morar. — Ela se conteve, lembrando o que Madame tinha dito sobre a chegada de Sandy, e ficou vermelha de vergonha. — Desculpe. Falei sem pensar.

— Tudo bem — disse Sandy. — Minha família queria me trazer, mas ninguém dirige. Eu moro com meus avós. Eles vão morar em uma comunidade de aposentados que não aceita adolescentes, e pareceu melhor vir para cá estudar e visitá-los nas férias.

— Minha mãe acabou de casar de novo — disse Kit, com a sensação de que deveria dizer algo de si para não parecer ríspida. — Ela e meu padrasto foram para a Europa passar a lua de mel. — Ela se inclinou para a frente, estudando as duas meninas que tinham saído do carro e observavam o motorista descarregar as malas. — É bonita aquela loira, né? Aposto que ela vai roubar Jules da gente rapidinho.

— Jules? — disse Sandy, sem entender.

— O filho de Madame Duret. Alto, moreno e bonito. Vai ser nosso professor de música.

— Parece que vai rolar um desafio, então — disse Sandy. — Você saía muito onde você morava?

— Eu saía com um bocado de gente, alguns meninos. Mas eu não larguei nenhum namorado, se é isso que você está perguntando. E você?

— Meus avós são antiquados. Eles acham que uma menina só deve namorar quando tiver idade para casar. — Sandy suspirou. — Não que isso tivesse importância. Ninguém nunca me chamou para sair.

— Mas vão chamar — disse Kit, de forma tranquilizadora.

— Acho que sim. — Sandy se afastou da janela e foi abrir a porta que dava para o corredor.

Instantes depois, elas ouviram passos na escada, acompanhados por vozes empolgadas. A voz monótona de Lucrécia dizia:

— Quartos 206 e 208, à esquerda, senhoritas.

— Que corredor esquisito! A janela deixa tudo colorido! — A voz aguda e vivaz ia ficando aos poucos mais alta, à medida que ela se apressava à frente das companheiras. — Ah, oi! — disse, ao ver Kit e Sandy. — Que bom que tem alguém aqui! Eu estava começando a achar que a gente tinha chegado no dia errado!

— Também estamos contentes em ver vocês — respondeu Kit. — Meu nome é Kit Gordy, e essa aqui é Sandy Mason.

— Eu me chamo Lynda Hannah — disse a menina —, e essa aqui é Ruth Crowder. Nós estamos acostumadas com colégios internos, mas eu nunca vi nenhum como este! É impressionante, mesmo! — Seu extraordinário rosto de porcelana brilhava de empolgação, e o cabelo claro o emoldurava como uma auréola.

A amiga era completamente diferente. Era baixinha, robusta, com o cabelo fino e escuro em forma de cuia e uma penugem que cruzava seu lábio superior. As sobrancelhas escuras atravessavam a ponte do nariz, e os olhos, atrás dos espessos óculos, eram atentos e vigilantes.

Ela respondeu ao cumprimento de Kit acenando com a cabeça e virou-se para abrir a porta do quarto.

— Não acredito! — exclamou ao vislumbrar o interior. — Venha ver, Lynda!

— Ah, deixa eu ver o meu! Quero saber se vai ser igual! — Ela foi rápida pelo corredor até a porta seguinte.

— Vamos — disse Kit a Sandy. — Vamos dar uma olhada para ver quem vai chegar agora.

Elas entraram de novo no quarto de Sandy e foram até a janela. A rampa de acesso logo abaixo estava vazia. Até o carro com motorista que tinha trazido Lynda e Ruth sumira. O acesso se estendia, reto, cercado de arbustos, até a cerca de ferro negro, e além daquele ponto as árvores se aglomeravam como uma fileira de sentinelas. O sol estava alto no céu e não projetava sombras.

— Acho que vai rolar o maior tumulto aqui de tarde — disse Sandy. — Quem quiser dirigir o caminho todo no mesmo dia vai chegar só mais tarde. Mas não entendi por que não tinha outras alunas no ônibus hoje de manhã. Afinal, não deve haver tantos ônibus passando por um lugar pequeno feito Blackwood Village.

— É verdade, estranho — disse Kit. — Ela correu os olhos da rampa de acesso até a cerca. Alguma coisa estava diferente. Alguma coisa tinha mudado desde a última vez em que ela olhara pela janela. — Sandy... Eu... Eu acho que não vai vir mais nenhuma aluna.

— Mais nenhuma aluna? — A nova amiga virou para ela, incrédula. — Você só pode estar brincando. *Quatro* alunas neste lugar enorme? Isso é ridículo!

— Ridículo ou não — disse Kit —, acho que não esperam mais ninguém. O portão de entrada foi fechado.

— Sim, é verdade. Só aceitamos quatro alunas no primeiro semestre.

Do outro lado da mesa de jantar, Madame Duret sorriu para elas. As velas bruxuleavam acima da toalha branca, e uma brisa imperceptível parecia tocar os cristais do lustre, movendo-os uns contra os outros, num tênue e distante tilintar musical. A sopa tinha acabado, e Natalie ainda não tinha retirado a mesa.

— Havia muitas candidatas — se intrometeu o professor Farley. — O problema é que elas não preenchiam os nossos requisitos.

— Quer dizer que elas não passaram nas provas? — perguntou Kit, perplexa. — Não consigo entender. Não eram tão difíceis. Eu passei... E nunca estive entre as melhores da turma.

— Nenhuma de vocês costuma estar, exceto Ruth. — O professor Farley acenou com a cabeça para a menina de cabelo escuro, que reagiu com um sorrisinho de satisfação. — A escolha de vocês não se baseou só no desempenho escolar. Consideramos outras questões.

— Tipo o quê? — perguntou Lynda Hannah. — Tipo quem são nossos pais?

— Não pode ser isso... — disse Sandy, baixinho, à direita de Kit.

— Digamos apenas que vocês são quatro garotas bastante especiais. — Os olhos de Madame pareciam espelhos, refletindo o brilho das velas. Quando Kit se inclinou para a frente, viu sua própria imagem olhando para ela, refletida nas luminosas pupilas. — Vocês têm todos os atributos que queremos em nossas alunas. Acham ruim fazer parte de uma turma tão restrita?

— Eu gosto da ideia — disse Ruth, com seu jeito direto e articulado. — Assim vamos ter atenção individualizada e progredir mais rápido. É por essa razão que estou aqui. Eu ficava completamente entediada na minha última escola. Mas eu não vi cabo de rede no meu quarto nem achei o sinal de Wi-Fi. Preciso conectar o meu computador.

— Não tem cabo — informou-lhe o professor Farley. — Essa é uma das inconveniências desse local rústico. No entanto, a paisagem e a atmosfera pacífica mais do que compensam isso.

— O senhor está dizendo que aqui não tem internet? — Ruth o encarou, incrédula. — Sem acessar a internet, como vamos pesquisar?

— A biblioteca de Blackwood é excelente — disse Madame. — Acreditamos na ideia antiga de incentivarmos os alunos a aprofundar-se nas leituras a fim de obter informações. Vocês ainda podem usar os computadores, mas pensem neles como máquinas de escrever. Não precisam de citações enlatadas de fontes sem credibilidade para copiar e colar nos seus trabalhos. E nós com certeza não queremos que se distraiam dos estudos brincando com bate-papo on-line ou postando nas redes sociais.

— E o que é que nós vamos fazer no tempo livre? — Lynda questionou, sem conseguir disfarçar o horror. — Quer dizer, quando não estivermos em aula nem estudando para provas nem nada assim? Eu preferiria que fôssemos mais de quatro alunas. Assim, pelo menos a gente poderia fazer umas festinhas e encontrar os meninos de outros colégios nos fins de semana.

— Vocês não vão ficar entediadas em Blackwood. Isso eu posso garantir. — Madame ergueu o sininho de prata e o sacudiu. Imediatamente, a porta da cozinha se abriu e Natalie apareceu.

— Pode trazer o prato principal — disse Madame.

Kit estava sentada bem à frente de Jules Duret. Ela se perguntava quanto ele teria interferido na escolha das alunas. Ela voltou os olhos para ele e corou ao notar que ele a observava. Ele não virou o olhar quando seus olhos se encontraram; continuou olhando para ela, como se estivesse tentando compreender algo que não estava totalmente aparente.

— Minha mãe tem razão — ele disse. — Vocês não ficarão entediadas.

Capítulo 5

Era meia-noite e meia, dia oito de setembro, e Kit estava jogada em sua cama com seu laptop, escrevendo para Tracy. Ela sabia que era tarde para escrever. Se ela estivesse em casa com a luz acesa àquela hora, a mãe teria aparecido, chamando com voz preocupada: "Kit, tudo bem, querida? Já é muito tarde para você estar acordada".

Em Blackwood, não tinha um sinal para apagar as luzes, ou algo assim, e Kit estava contente. Ainda que ela já estivesse na escola fazia uma semana e tivesse se ajustado bem na maioria dos aspectos, ela ainda não se sentia tranquila à noite. A luz no final do corredor não tinha sido consertada – "é quase impossível fazer com que um eletricista venha tão longe", foi a explicação de Madame, em tom de desculpas –, e, mesmo que o quarto de Kit fosse iluminado com frequência pelo luar, ela sentia sempre um estranho nervosismo, oprimida pela escuridão do outro lado da porta.

Ela não dormia bem em Blackwood. Sonhava. Sabia que sonhava, porque ao acordar pela manhã a sensação dos sonhos ainda se agarrava à sua mente; apesar disso, na maioria das vezes ela não conseguia se lembrar do que tinha sonhado. Precisava sentir muito sono para desligar a luz e deixar-se adormecer. E foi assim que criou o hábito de estudar e escrever tarde da noite.

Ela digitava:

Cara Tracy, desculpe por ter demorado tanto para te escrever. Mandei um bilhete para mamãe no primeiro dia aqui, para que ela recebesse ao chegar a Cherbourg, e depois fiquei lotada de deveres. Além disso, estava tão acostumada a mandar SMS e e-mail que escrever uma carta de verdade, dessas que você precisa colocar num envelope, endereçar e botar selo, é realmente um saco.

Aqui a gente precisa estudar mais que na escola pública. Acho que é assim porque as turmas são muito pequenas. Aqui só tem quatro alunas, você acredita? Quatro alunas na escola inteira! É quase como se a gente tivesse professores particulares. Estou fazendo matemática e ciências com o professor Farley, um velhinho gentil com uma barbicha engraçada – ele é muito legal – e literatura com Madame Duret. E piano com o Jules! Acho que é melhor eu colocar uma sequência de pontos de exclamação: !!!!!!!!, só para dar uma ideia de como ele é gato. Queria ter sinal de celular para mandar uma foto. Vamos só dizer que de repente eu fiquei interessada em música.

As três outras meninas aqui são muito diferentes. Eu me dou melhor com a Sandy Mason – ela é tímida e quieta, mas legal. Comecei a provocá-la um pouquinho, para ver se a gente prega alguma peça nas outras meninas, ou quem sabe um saque na cozinha numa noite destas, para trazer a comida aqui para os quartos e fazer uma festinha na madrugada. Lynda Hannah e Ruth Crowder já se conheciam. Elas foram para o mesmo colégio interno no ano passado, e, quando os pais de Ruth decidiram colocá-la em Blackwood, Lynda convenceu a mãe a deixá-la vir também. Ruth não é muito bonita, mas é superinteligente;

Lynda é o contrário: bonita, mas não tem um cérebro lá muito poderoso. Elas parecem se equilibrar bem.

Ainda não entendo como fomos escolhidas. O professor Farley diz que temos "qualidades especiais" que eles queriam ver nas alunas, mas não sei quais são essas tais qualidades. Nós parecemos não ter nada em comum umas com as outras, e não entendo como você pode não ter sido aceita. Tentei falar com Madame Duret sobre isso, mas ela disse apenas que não discutia resultados de avaliações.

Queria dizer que gosto daqui. Acho que, de certa maneira, eu gosto. Todo mundo é realmente muito gentil, e as aulas são interessantes. Mas tem alguma coisa... Não sei como explicar isso em palavras, e você provavelmente riria de mim se eu tentasse, mas eu tenho essa sensação sinistra de que tem alguma coisa errada aqui. Senti isso pela primeira vez quando entramos pelo portão e pegamos a rampa de acesso, e a cada dia essa sensação fica mais forte, parece até que...

Alguém gritou. Foi na escuridão do outro lado da porta. Um grito esquisito, sufocado no mesmo instante, como se a mão de alguém tivesse de repente tampado a boca.

O grito passou por Kit como um choque elétrico. Sua mão teve um espasmo, digitando uma sequência sem sentido. Endireitando-se na cama, ela sentou, tensa e abalada, ouvindo. Não havia nada além de silêncio.

Mas eu ouvi, disse a si mesma. *Eu sei que ouvi*. Em algum lugar do silencioso dormitório, alguém tinha gritado. De dor? De medo? Talvez tenha sido só por causa de um pesadelo, mas talvez tenha sido por outra razão. Um pedido de socorro?

Não vou lá, pensou Kit. *Não posso. Eu simplesmente não posso abrir a porta e sair.*

Mas e se alguma das outras meninas estivesse mal? Ninguém gritaria sem motivo. Será que uma delas estava deitada naquele instante em um dos quartos, tremendo de medo ou de dor, rezando para que alguém tivesse escutado o seu grito?

Lentamente, como que movida por alguma coisa além da sua própria vontade, Kit levantou da cama e atravessou o quarto para abrir a porta. A terrível escuridão do corredor estendia-se à frente, diminuída apenas pela faixa de luz da luminária que vinha de sua própria porta. Além dali, não havia nada senão imobilidade e sombras.

Kit ficou com uma das mãos na maçaneta, ouvindo. Os únicos sons que ela conseguia ouvir eram as batidas de seu próprio coração e o ruído curto e agudo de sua respiração.

Talvez eu tenha imaginado, pensou. *Talvez eu tenha pegado no sono, na cama, e sonhado com o grito.*

Então, ela ouviu. Dessa vez não foi um grito, mas um pequeno gemido, meio choro, meio resmungo. Parecia saído do fim do corredor, onde ficava o quarto de Sandy.

Bom, então tá, disse a si mesma, resignada. *Preciso ir até lá.*

Respirando fundo, como se estivesse se preparando para mergulhar em água gelada, ela parou um segundo na margem da faixa de luz. Então, juntando forças, deu um passo para as trevas.

Por um momento, Kit teve a sensação de efetivamente ter mergulhado na água. A escuridão ergueu-se em volta dela, preenchendo seus olhos, seu nariz e seus ouvidos, pressionando-a de todos os lados, fazendo que ela perdesse o fôlego. À medida que o pânico inicial cedia, ela se obrigou a encher o peito de ar. Estendendo a mão, procurou a parede. Achou-a e endireitou-se contra ela; então, um passo de cada vez, abriu caminho corredor afora, na direção do quarto de Sandy.

A cada passo, testava o piso à frente. Era ridículo, ela sabia, e mesmo assim o breu era tão completo que parecia que ela caminhava para o nada, como se subitamente as tábuas do assoalho fossem sumir, como se nunca tivessem existido, e ela fosse dar um passo para o espaço infinito. Ou, pior ainda: e se houvesse alguma coisa, algo esperando por ela mais à frente, cuja existência ela não conseguisse nem imaginar? Um tremor a percorreu, e ela virou a cabeça para ver a luz tranquilizadora de seu quarto.

Ao mirá-la, notou que a luminosidade se afinava. Lenta e firme, a escuridão a cercava.

Impossível, pensou Kit, ansiosa. E, então, veio o clique breve e forte da porta se fechando, deixando o corredor inteiro no escuro. *Nada de pânico*, disse Kit a si mesma, com firmeza. *A porta se fechou, só isso.*

Mas como ela se moveu, se não havia vento? O ar no corredor estava completamente parado. O vitral no final dele estava perfeitamente fechado.

Será que ela devia continuar ou tentar voltar para o quarto? A ideia da segurança daquele abrigo iluminado bastava para fazer com que ela quisesse caminhar de volta, mas não alterava o fato do grito nem do gemido.

Só posso fazer uma coisa, pensou Kit. *Ir em frente. Eu preciso saber o que há de errado.*

Com um cuidadoso passo após o outro, sempre com a mão apoiada na parede para se orientar, ela seguiu pelo corredor. As tábuas do assoalho estalavam de leve sob seus pés, e o som parecia um gemido no silêncio. Quando enfim sua mão tocou a porta de Sandy, ela estremeceu ao suspirar de alívio.

Tateou em busca da maçaneta e a encontrou. Tentou virá-la. Ela não se movia.

— Está trancada! — Kit disse essas palavras em voz alta, sem acreditar. Como Sandy teria fechado a porta, se as trancas ficavam do lado de fora?

Kit soltou a maçaneta e bateu com força na madeira grossa da porta. O som parecia preencher a noite.

De dentro do quarto, veio um pequeno gemido.

— Sandy! — Preocupada de verdade, Kit chamou o nome em voz alta. Fechou a mão num punho e começou a esmurrar a porta, sem se preocupar com quem mais pudesse acordar por conta do barulho. — Sandy, responde! Está tudo bem aí? Sandy?

Como não houve resposta, ela pegou a maçaneta outra vez, virando-a, desesperada. Para sua perplexidade, ela girou com facilidade, e a porta se abriu. Imediatamente, Kit sentiu uma lufada de ar frio, úmido, como se fosse um vento do Ártico.

— Sandy?! — gritou Kit. Ao entrar no quarto, no entanto, ela percebeu, com uma certeza aguda e inexplicável, que a amiga não estava sozinha no escuro. Havia alguém com ela.

Lutando contra um terrível desejo de virar e correr aos tropeços de volta para o próprio quarto, Kit foi tateando à frente. Ela estava inteiramente cercada pelo ar gélido, tão intenso que ela começou a sentir-se anestesiada.

— Quem é? — disse Kit, com voz trêmula. — Quem está aqui?

De algum lugar ali perto, ela ouvia o som de uma respiração, inspirações longas e pesadas, como se alguém tivesse corrido por bastante tempo. Quanto mais Kit se aproximava do lugar onde sabia que estaria a cama, mais intenso ficava o frio, a ponto de ela se perguntar se aguentaria andar mais um centímetro. Estendendo a mão, procurou a borda da mesa de cabeceira e depois a lâmpada. Parecia que sua mão tentava furar uma parede de gelo.

Então, tocou a base da luminária e encontrou o botão. Apertou, e imediatamente o quarto encheu-se de abençoada luz.

Piscando contra o súbito brilho, Kit moveu rapidamente o olhar em torno de si. A presença estranha, caso tivesse realmente existido, tinha ido embora. Outra vez as coisas voltaram ao lugar no quarto em torno dela, tão familiar quanto o seu. As únicas duas pessoas nele eram Sandy e ela.

A amiga estava sentada com a coluna ereta na cama, fitando-a. Seus olhos tinham aquela expressão vazia e sem foco de um sonâmbulo, e sua pele ganhara um tom azulado, como se ela tivesse ficado muito tempo no frio, a céu aberto. Kit estendeu a mão de maneira hesitante e tocou o braço de Sandy.

— Você está congelada! — disse ela. — Meu Deus, Sandy, puxe o cobertor. O que está acontecendo?

— Kit? — falou Sandy, tímida. — Kit? É você?

— Claro que sou eu. — Kit ergueu o cobertor e o colocou sobre os ombros da amiga. — Cubra-se antes que pegue pneumonia. Como foi que o quarto ficou tão frio? Sandy, você está acordada? Você parece... tão estranha...

— Pois é. Acho que sim. — Sandy sacudiu a cabeça, como se quisesse afastar um sonho. — O que você está fazendo aqui? Já é tarde da noite.

— Já é de madrugada, na verdade — disse Kit. — Eu estou aqui porque você gritou. Não se lembra de nada?

Sandy tinha uma expressão vazia.

— Não. Não lembro. Acho que sonhei.

— A porta estava trancada.

— Não é possível. Você sabe que não dá para trancar por dentro... — Sandy fez uma pausa e, então, repetiu o que Kit tinha dito. — Trancada? Minha porta?

— Sim, estava, mas a maçaneta funcionou da segunda vez que eu tentei. Tinha alguém aqui. Eu juro, Sandy. Quando entrei aqui, senti uma presença. Eu não cheguei a ver nem a encostar em ninguém... Mas sabe quando você sente, quando tem a certeza de que um quarto não está vazio?

— Eu estava sonhando — disse Sandy. A voz dela estava fina e assustada. — Pelo menos eu acho que estava sonhando. Tinha essa mulher do lado da cama. Ela era jovem, talvez com uns vinte e poucos, e usava um vestido longo, de aparência meio fora de moda. Ela simplesmente ficava ali, olhando para mim, e eu conseguia vê-la mesmo no escuro.

— Claro que estava sonhando — disse Kit. Ela sentiu uma fraqueza nas pernas e se acomodou na borda da cama de Sandy. — Claro.

— Sim — disse Sandy. — Mas não foi a primeira vez.

— Não?

— Quer dizer, foi a primeira vez que aconteceu exatamente desse jeito. Essa mulher, uma estranha, com a roupa esquisita e tudo o mais. Mas não é a primeira vez que eu tenho sonhos bizarros. Lembra que eu falei que eu moro com meus avós?

— Lembro.

— Meus pais morreram há três anos — disse Sandy. — Era o décimo quinto aniversário de casamento deles. Papai tinha organizado uma viagem surpresa para mamãe, uma espécie de segunda lua de mel. Eles iriam para as Bahamas. O avião caiu no mar. Nunca acharam os destroços.

— Que coisa terrível. — Respirou Kit. — Sinto muito.

— Eu estava na casa dos meus avós — disse Sandy. — O que foi mais louco foi que... eu fiquei sabendo do avião. Eu fiquei sabendo na hora em que aconteceu. Estava na cozinha ajudando a minha avó com o jantar e, de repente, *senti*. Falei: "Vó, o avião caiu". Ela me olhou como se eu estivesse louca e perguntou: "Que avião?". "O avião do papai e da mamãe", respondi, "ele caiu". Ela ficou me olhando, depois falou que era "muito feio fazer piada com essas coisas!". Minha avó ficou tão zangada que não quis nem falar comigo; depois, naquela mesma noite, a gente viu a notícia na TV.

— Você falou que tinha tido um sonho... — comentou Kit.

— Não naquela noite. Acho que nenhum de nós dormiu naquela noite. Mas um dia depois do aviso oficial, comecei a chorar e não conseguia mais parar. Foi quando meu avô chamou um médico para ir lá em casa, e ele me deu uma injeção. Aí fui dormir e, então, tive o sonho. O papai e a mamãe estavam lá, de pé ao lado da cama, de mãos dadas. A mamãe disse: "Sandy, você precisa ser forte". No sonho, eu respondia. Eu falava: "Mas você está morta! Eu estou chorando porque você morreu!". E o papai falava: "A sua mãe e eu estamos juntos. Para nós, o importante é isso. A gente está bem, e você deve ficar, também".

Kit baixou os olhos e viu que estava apertando as mãos com tanta força que as falanges dos dedos estavam brancas.

— Você contou isso para alguém? — perguntou.

— Tentei — respondeu Sandy. — Mas ninguém queria ouvir. As pessoas diziam que todo mundo tem sonhos estranhos quando está perturbado emocionalmente.

— Também não acreditavam em mim — disse Kit, baixinho.

— Em você?

— Depois de meu pai morrer. Só que eu nunca pensei que fosse sonho. Ele estava lá no quarto, *realmente* lá. Eu sabia que sim.

Por um instante, elas ficaram em silêncio, se encarando. Os olhos de Sandy estavam arregalados em seu rosto fino, e as sardas se destacavam como pontinhos contra sua pele pálida. Kit tremia... E, dessa vez, não era de frio.

— Qual é o sentido disso tudo? — perguntou Sandy, enfim. — Não pode ser coincidência. Nós duas tivemos experiências assim. E o que aconteceu agora à noite? A porta trancada, a mulher do lado da cama...

— Não sei qual é o sentido disso — disse Kit. — Mas de uma coisa pode ter certeza: eu vou descobrir.

Capítulo 6

Elas passaram o resto da noite no quarto de Kit. Não conversaram; Kit estava agitada demais para dormir e percebia, pelo som da respiração ao lado, que Sandy, deitada na cama, também estava desperta, imóvel e tensa. Kit finalmente conseguiu pegar no sono apenas quando o primeiro rubor da aurora iluminou o céu através da janela. Abriu de novo os olhos só bem mais tarde, vendo que já tinha passado – e muito – das oito horas e que Sandy não estava mais no quarto. Levantou-se, vestiu-se e desceu para tomar o café. Ruth e Lynda estavam lá, finalizando pratos de ovos e torradas.

— Sandy esteve aqui alguns minutos atrás — respondeu Ruth à pergunta silenciosa de Kit. — Ela disse que não estava com fome, que só queria um pouco de café e que tinha uma aula marcada logo cedo com o professor Farley. Acho que ele está dando uma ajuda em álgebra.

— Como ela estava? — perguntou Kit.

— Parecia péssima — disse Lynda. — Uma cara de doente. Com bolsas debaixo dos olhos, e ela parecia exausta. Pensando bem, você também não está na sua melhor forma, hoje. — Ela a olhou, com tom irônico. — Será que tem alguma gripe fazendo a ronda em Blackwood?

— Não que eu saiba — disse Kit. — Nós duas passamos a maior parte da noite acordadas. Sandy teve um sonho e acordou gritando, então fiquei com ela um tempo, depois ela foi comigo para o meu quarto. Vocês não ouviram nada? Com os gritos dela e minhas esmurradas na porta, dava para a gente ter levantado os mortos.

As palavras escolhidas sem pensar lhe fizeram estremecer.

— Eu não ouvi nada — disse Lynda. — E você, Ruth?

— Talvez — disse a menina de cabelo escuro. — Tive uma noite inquieta, então acho que acordei de um jeito semiconsciente. Eu tenho sonhado muito nesses dias.

— Mesmo? — Kit congelou ao ouvir isso. — Que tipo de sonho?

— Sei lá — disse Ruth, dando de ombros. — Quando acordo, não lembro. Só que de manhã tenho a sensação de que passei a noite em claro.

— Eu sei como é — disse Lynda. — Quando o sinal dispara de manhã, às vezes eu mal consigo levantar da cama.

— Bom, pelo menos dessa mesa *nós vamos levantar*. — Ruth conferiu o relógio. — A gente tem aula de Literatura com Madame daqui a alguns minutos. O que tem no seu horário agora de manhã, Kit?

— Aula de Música — disse Kit.

— Jules todinho para você? Que sortuda! — Lynda deu uma risadinha e jogou para trás os cabelos loiros. — Se eu soubesse que o professor seria assim, também teria me inscrito nas aulas de piano. Por enquanto, eu sou praticamente invisível para ele.

— Ele parece um tipo mais caladão — concordou Ruth. — Tenho a impressão de que ele é bem focado no trabalho. Não que eu esteja tão interessada...

— Bom, eu estou — disse Lynda. — Afinal, ele é provavelmente o único homem que a gente vai ver entre hoje e as férias de Natal. Isso é, a menos que você leve em consideração o professor Farley.

A porta da cozinha se abriu, e Natalie chegou com um bule de café. Ela acenou com a cabeça para dar um brusco bom-dia, mas seu rosto se abrandou quando ela viu Kit.

— Bom dia, senhorita — disse ela. — Quer que eu prepare alguma coisa?

— Não, obrigada, Natalie — disse Kit. — Hoje não estou com fome.

Natalie apoiou o bule na mesa.

— A senhorita deveria comer alguma coisa — disse. — Está ficando muito magra.

O aroma do café ergueu-se como uma nuvem, e Kit, normalmente seduzida por essa fragrância, sentiu o estômago revirar com uma onda de náusea.

— Não dá tempo — disse. — Estou atrasada. No almoço, compenso. — Despedindo-se das meninas com um aceno de cabeça, ela saiu do salão.

Jules Duret a esperava na sala de música. Vestia uma camisa em tom azul-claro, aberta na altura do pescoço, e uma calça jeans escura mais justa. Estava sentado numa cadeira perto da janela e tinha uma partitura aberta no colo, que ele não parecia ler. Seu ar era de quem esperava havia muito tempo.

Ele ergueu os olhos no momento em que Kit entrou, com certa solenidade no rosto.

— Você está atrasada — disse, sem cumprimentar. — Eu já tinha quase desistido.

— Desculpe — disse Kit. — Não dormi direito na noite passada e perdi a hora pela manhã.

Era difícil pensar naquele belo rapaz como professor. Ele mal parecia mais velho que seus amigos, e a bela aparência morena o tornava mais atraente que os mais bonitos de sua escola regular. Mesmo assim, havia nele algo de reservado, que dificultava a comunicação, e Kit, que costumava sentir-se tão à vontade entre os meninos quanto entre as meninas, via-se lutando contra uma sensação de desconforto na presença dele.

— Você está treinando? — perguntou Jules. — Sente e mostre-me seu desempenho. Vamos aquecer com algumas escalas antes de passarmos para as peças em si.

Kit obedientemente assumiu seu lugar no banco do piano. Colocou as mãos nas teclas. Para sua surpresa, viu que seus dedos estavam rígidos e doloridos, como se ela tivesse tocado por horas.

— Jules? — disse ela.

— Sim.

— Eu... Eu acho que eu não quero tocar hoje. — Kit tirou as mãos das teclas e deixou-as cair nas coxas.

Estou cansada, pensou, *estou tão cansada e assustada... E preciso conversar com alguém. Eu preciso de um amigo.*

Ela ergueu o rosto e se deparou com o olhar escuro e intenso do rapaz à sua frente. Será que Jules Duret era confiável? Até onde ela sabia, talvez ele nem gostasse dela. Contudo, com quem mais ela poderia conversar? Sandy estava tão perturbada quanto ela, e Lynda e Ruth não ajudavam em nada.

— Será que a gente pode conversar uns minutos? — perguntou, com a voz por um fio. — Podemos fazer isso, em vez de ter aula?

— Conversar? — Os olhos de Jules pareceram se estreitar. — Sobre o quê?

— Blackwood.

— O que tem Blackwood?

— Não sei — disse Kit. — Simplesmente não sei. Tem alguma coisa estranha em Blackwood. Alguma coisa sinistra. Nós todas sentimos isso, mas é quase impossível expressar em palavras. Têm acontecido umas coisas.

— Do que você está falando? — perguntou Jules, demonstrando interesse.

— Bom, para começar, todas nós temos tido uns sonhos. Na noite passada, Sandy sonhou que tinha alguém no quarto dela. Ela gritou, eu ouvi e percorri o corredor para ver qual era o problema. A porta estava trancada.

— Não tem como — disse Jules. — Não dá para trancar pelo lado de dentro.

— Por que não? — perguntou Kit.

— O que você quer dizer?

— Exatamente isso. Por que não dá para trancar as portas pelo lado de dentro, como qualquer outra porta? A sua mãe disse que tinha mandado colocar as trancas para garantir a privacidade, mas como é possível ter privacidade se você não pode trancar a porta quando está no quarto?

— Você pode trancar quando sai de lá — disse Jules. — Para ninguém mexer nas suas coisas enquanto estiver fora.

— Não estou preocupada com isso — disse Kit. — Aposto que as outras meninas também têm laptops; além disso, eu não tenho nada lá que seja valioso o bastante para alguém querer roubar. Mas eu *gostaria* de poder trancar a porta quando estou lá dentro. E, na noite passada, a porta de Sandy *estava* trancada. Eu forcei a maçaneta. Aí, de repente, a porta se abriu, como se alguém a tivesse destrancado.

— Então, não estava trancada — afirmou Jules, parecendo ter certeza do que estava dizendo. — Talvez estivesse emperrada. Vou mandar colocar óleo no ferrolho. De que quarto mesmo você está falando?

Kit estava frustrada.

— Você não prestou atenção? Eu não estou pedindo para você colocar óleo na tranca do quarto da Sandy. O que quero dizer é que tem alguma coisa bizarra acontecendo aqui em Blackwood. Tinha alguém no quarto da Sandy na noite passada. Uma mulher. Eu sei que parece loucura, mas a Sandy a viu com os próprios olhos!

— Ela estava sonhando — disse Jules. — Você mesma acabou de dizer que vocês todas têm sonhado muito. Não há motivo para preocupação. Isso costuma acontecer com quem fica longe de casa pela primeira vez, enfrentando a pressão de conhecer gente nova e de adaptar-se a novos ambientes. — Ele fez uma pausa e, depois, falando mais baixo, perguntou: — Ela disse alguma coisa... A mulher no quarto da Sandy?

Kit ficou surpresa com a pergunta.

— Por que você quer saber?

— Bem... Só para chegarmos ao fim da história.

—Acho que não. Pelo menos não que eu saiba. Por que você se importa, se tem tanta certeza de que era um sonho?

— A Sandy reagiu gritando — disse Jules. — Achei que pudesse ser alguma coisa que a mulher tivesse dito a ela.

— Ela estava assustada — disse Kit. — Porque a mulher estava *ali*. Você consegue imaginar como seria estar completamente sozinho em um quarto e de repente acordar e encontrar alguém do lado da cama, olhando para você? E o frio? Eu mesma senti o frio. Quando entrei no quarto, uma brisa gelada veio para cima de mim, e a Sandy já estava até azul. Toquei na mão dela e parecia gelo.

— Olha, Kit, simplesmente não tinha como uma estranha estar no quarto da Sandy. Como ela teria entrado? Os portões de Blackwood ficam trancados à noite, assim como a própria casa. Ninguém vai escalar a parede para entrar pela janela. Aliás, mesmo supondo que isso fosse possível, como foi que ela saiu de novo tão rápido quando você apareceu? Voando?

— A porta trancada... O ar frio...

— Eu falei: a porta, sem dúvidas, estava emperrada. E claro que o quarto da Sandy estava mais frio que o corredor. Ela provavelmente deixou a janela aberta.

Jules se inclinou e colocou a mão sobre a de Kit. Era uma mão bonita, com dedos fortes e longos, e ela gostou de senti-la sobre a sua.

A voz dele subitamente ficou delicada.

— Blackwood é uma antiga mansão. É magnífica, óbvio, mas tem uma atmosfera pesada. Os lugares antigos tendem a ser assim. Você vai se acostumar, pouco a pouco. Quando vim para cá, eu também tive alguns sonhos na primeira semana, talvez um pouco mais.

— Teve? — perguntou Kit, surpresa.

— Claro. O que você acha? Eu não estava acostumado a viver num lugar como Blackwood. Eu tinha acabado de terminar meu curso de música e estava morando com outros caras. Passava as férias com a minha mãe, nas escolas dela, mas tirando isso eu basicamente vivia por conta própria. Quando ela me escreveu perguntando se eu queria vir aos Estados Unidos dar aulas em Blackwood, eu não tinha muita certeza se deveria aceitar. Aí ela me falou mais deste lugar, de como seria especial, do tipo de alunas que ela teria aqui, e eu decidi experimentar. Quando vi Blackwood pela primeira vez, não consegui acreditar. Ainda não sei como a minha mãe achou este lugar. A mansão tem uma vibração própria. Você só precisa se acostumar.

— E você já se acostumou? — perguntou Kit.

— Eu gosto. Aqui eu me sinto... diferente. Eu toco melhor. Aprecio mais as coisas.

— Você ainda sonha?

— Bom, claro. Um pouco. Todo mundo sonha.

— Jules... — Kit tentou sorrir para ele. — Você faz tudo parecer tão razoável e normal. Você deve me achar uma idiota.

— Não, de jeito nenhum — disse Jules, baixinho. — Acho você inteligente. E bonita. Tem momentos em que eu queria que a gente tivesse se conhecido em outro lugar, em outras circunstâncias. Momentos em que eu queria não ser seu professor. Mas... — Ele apertou rapidamente a mão dela e soltou. — Vamos aceitar as coisas como elas são. E, aliás, já gastamos metade do tempo de aula batendo papo. Você está pronta para tocar para mim?

— Mais que nunca — disse Kit, com um suspiro. — Provavelmente sou a aluna menos talentosa da sua vida. Você não fica entediado ao me ouvir destruindo músicas como "Happy Leaves" e "Swinging on the Gate"?

— Não me sinto entediado, não — disse Jules. Depois de uma breve pausa, ele baixou a voz e acrescentou: — E você tem talento, Kit. Talvez um dia você finalmente se dê conta disso. Há todo tipo de talentos neste mundo, e o musical é apenas um deles.

Capítulo 7

— Ei, Kit! Desenhei um retrato seu! — Lynda estava de pé na entrada da sala de recreação, segurando uma folha de papel contra o peito.

— Mesmo? — Kit ergueu os olhos do livro. — Deixa eu ver.

As meninas geralmente ficavam nessa sala na hora que antecedia o jantar. Era um lugar agradável, bem iluminado e com mobília confortável, além de ser bem mais moderno que o resto dos aposentos de Blackwood. Elas conversavam ou viam tv, mas naquela noite ninguém parecia a fim de bater papo. Kit e Ruth liam, e Sandy estava à mesa de cartas, no canto, jogando paciência.

Agora, com a entrada de Lynda, todas tiraram os olhos de suas atividades. Havia um brilho na beleza dela que iluminava qualquer lugar, e naquele momento ela parecia feliz consigo mesma, de uma forma tão inocente que Kit se viu sorrindo.

— Vai, mostra o seu desenho. Eu não sabia que você era artista.

— Nem eu — disse Lynda, entregando o papel. — Eu mesma me surpreendi.

Kit levantou o desenho e, então, quase sem fôlego, disse:

— Uau! Sou *eu*, mesmo!

— Não falei? — Lynda empoleirou-se no braço da cadeira. — Gostou?

— Adorei! — exclamou Kit. — É... É incrível. Estou falando sério. Lynda, você é o máximo!

— Ah, quero ver. — Ruth se levantou do sofá e se posicionou atrás das duas. Ela ficou em silêncio um momento e, então, completou: — Não é possível, Lynda. Você deve ter usado decalque, sei lá.

— Não usei decalque nenhum — disse Lynda, em tom magoado. — Eu simplesmente desenhei. Estava tirando uma soneca, acordei e de repente quis fazer um retrato. Fui até a escrivaninha, peguei papel e lápis, sentei e desenhei, só isso. E o mais bizarro foi que eu nem sabia quem eu ia desenhar... Até que começou a ficar igual à Kit, e de repente *era* a Kit.

— Mas você nunca desenhou antes — disse Ruth, cética. — Você nunca fez aula de artes na escola. Esse desenho... Bem, isso é coisa de artista. Os olhos têm aquela expressão direta e meio desafiadora dos olhos da Kit, e a boca, o queixo, tudo; é a Kit, inteirinha. Superprofissional.

A essa altura, Sandy também tinha aparecido e estava analisando o desenho.

— Com certeza — disse ela. — É bom mesmo. Você não quer fazer um meu, Lynda? Eu queria mandar para os meus avós. Aposto que eles colocariam numa moldura.

— Claro — disse Lynda, feliz. — Agora que peguei o jeito, vou desenhar todo mundo. Depois eu vou fazer Madame Duret com aqueles olhos penetrantes. Ou talvez o Jules. Alguém quer um desenho dele?

— Esse você vai ter que fazer cópias — disse Kit, rindo. — Uma para cada. E um do professor Farley acariciando a barba...

— Ouvi meu nome? — A voz profunda do professor irrompeu no meio da conversa. Ele estava parado perto da porta, sorrindo daquele jeito amigável, típico dele. — Me contem a piada. Passei aqui porque ouvi os risos.

— Pois eu nem só passei: eu *estou* aqui — disse Kit. — No caso, nesse papel. — Ela virou o desenho para que o professor pudesse ver. — Olha só o que Lynda fez. Não é impressionante?

— É mesmo. — O professor Farley andou lentamente para dentro da sala e parou, olhando o retrato a lápis. — Que obra excelente, Lynda. Você estudou Artes durante muito tempo?

— Eu nunca estudei — respondeu a menina. — Na verdade, o único desenho que já fiz foi uma vez numa festa, em que todo mundo tinha de desenhar todo mundo para depois a gente tentar adivinhar quem estava nos desenhos. Eu desenhei a Ruth e fiquei com o último lugar!

— Bem, você certamente melhorou desde então — disse o professor Farley, admirado. — Vou comentar isso com Madame Duret. Ela gosta de incentivar o talento das alunas. Tenho certeza de que ela vai prover os materiais artísticos necessários, além de um simples lápis, para que você se expresse melhor.

— Posso ficar para mim? — perguntou Kit. Lynda acenou com a cabeça, contente.

— Claro. Fico feliz por você ter gostado tanto a ponto de querer ficar com ele. E eu vou desenhar você, Sandy, e você, Ruth, se vocês quiserem. Ou ainda acham que eu fiz decalque?

— Não — disse Ruth, em tom de desculpas. — Eu sei que você não mentiria para mim. Além do mais, que foto você poderia ter usado para decalcar? Desculpe se duvidei de você. É só que já nos conhecemos há tanto tempo... E de repente descubro esse seu talento natural. Estou chocada. Parece que eu nem te conheço mais.

— Você me conhece melhor que qualquer pessoa — disse Lynda, com carinho. — Eu nunca teria aguentado o último colégio interno se não fosse por você. Como falei, eu também estou surpresa.

— Cinco minutos para o jantar — disse Kit, olhando o relógio. — Vou correr lá em cima e guardar esse desenho no quarto antes que alguma coisa aconteça com ele. Do jeito que está indo de mão em mão, vai sobrar só um borrão enorme.

O suave brilho do crepúsculo iluminava o vitral no fim do corredor, com uma delicada irradiação que fazia com que o próprio corredor parecesse a nave de uma catedral. *Quando eu vejo essas coisas sinistras*, pensou Kit enquanto entrava no corredor, *fico pensando se não são só fruto da minha imaginação.*

Ela chegou à porta do quarto, abriu-a e entrou. Ligou a luminária e colocou o retrato na mesa.

Por um longo momento, ficou ali, olhando o retrato de cabeça baixa. Não era um desenho cheio de detalhes; as linhas eram puras e simples. No entanto, capturava algo além de uma semelhança superficial.

O nariz reto, o queixo teimoso, a curva das redondas maçãs do rosto, estava tudo ali – e havia algo mais, algo que tinha a ver com os olhos. Como Ruth comentara, eles tinham uma expressão direta, típica de Kit, mas havia também outra qualidade: uma vulnerabilidade, um toque de incerteza. Os olhos eram os de uma menina que não estava tão segura por dentro quanto parecia estar por fora.

"Quem sou eu?", perguntavam os olhos. "Qual meu lugar na vida? Será que sou bonita? As pessoas gostam de mim? *Jules* gosta de mim? Em que direção estou indo? Será que vou realizar alguma coisa de valor na vida? Vou ser feliz? Sou digna de ser amada?"

Milhares de questões brilhavam através daqueles olhos, sugeridas por umas poucas linhazinhas e um sombreamento sutil. Era a diferença entre a Kit verdadeira, aquela que só ela conhecia, talvez Tracy também, e a Kathryn Gordy forte e segura de si que todos os demais enxergavam.

Como é que ela percebeu?, perguntou Kit a si mesma, pensativa. *Como Lynda Hannah pode me entender tão bem? Nós mal nos falamos até agora, exceto quando estávamos em grupo.*

Mas não dava para negar quem estava no desenho.

— Kit? — A voz de Sandy chamou das escadas no fim do corredor. — Madame tocou o sino do jantar. Venha logo.

— Estou indo — respondeu Kit.

Desligando a luminária, ela deixou o quarto, fechando a porta atrás de si. Hesitou um segundo e depois virou, entrou de novo no quarto e tirou a chave de cima da escrivaninha, onde tinha ficado desde que Madame lhe dera quando chegou em Blackwood. Então, saiu outra vez para o corredor.

Dessa vez, enfiou a chave na fechadura e trancou. Ela não sabia exatamente o porquê, mas, pela primeira vez desde que chegara ali, teve a sensação de que em seu quarto havia algo de valor.

A hora do jantar era um dos momentos mais agradáveis em Blackwood. Todas as refeições eram servidas no suntuoso salão de jantar, mas só a refeição noturna era feita à luz de velas com uma toalha branca na mesa, guardanapos de linho e louça fina. Os pratos eram de um branco puro, delicados ao toque, cada qual circundado por uma suave linha dourada.

— Eles são parte de Blackwood — explicou Madame Duret, quando Kit perguntou a respeito. — Os pratos e os utensílios de cozinha, a mobília, o piano, as cortinas e os carpetes, tudo isso está aqui há anos e anos. As únicas coisas que vieram para cá foram os móveis do meu aposento, que mandei trazer depois de ter fechado a escola na Inglaterra, e aqueles colocados nos estábulos, transformados no apartamento do professor Farley. E, claro, os móveis nos quartos ocupados por vocês, meninas.

— É estranho uma coisa tão bonita simplesmente ter ficado aqui — comentou Kit, examinando a louça. — Por que os proprietários não quiseram ficar com isso?

— Estranho mesmo — concordou Madame —, mas a verdade é que às vezes as pessoas são excêntricas, não é verdade? Depois que o sr. Brewer faleceu, os novos proprietários não queriam ter nada a ver com Blackwood, só queriam vender a casa. Uma vergonha, para dizer a verdade, mas uma grande sorte para nós.

A louça dava o tom do jantar. Era uma refeição elegante, servida em diversos pratos, e Madame Duret naquele momento parecia menos uma diretora e mais uma graciosa anfitriã, entretendo os convidados com histórias interessantes de sua vida fora do país. Jules ocasionalmente contribuía, assim como o professor Farley, que tinha dado aulas na escola de Madame na Inglaterra, mas não na da França. A conversa fluía livre, todas as meninas participavam, e o jantar em geral terminava com todos em boa disposição, prontos para se reunirem na sala de estar ou subirem para estudar nos quartos.

Nessa noite, porém, foi diferente. A atmosfera na sala de jantar parecia carregada com algo a mais, uma espécie de eletricidade. A conversa caminhava bem, como sempre, mas para Kit parecia haver algo artificial, como se os falantes só cumprissem seu papel e não estivessem de fato envolvidos na discussão. Houve um momento em que ela capturou uma troca de olhares entre Madame e o professor Farley. Até onde conseguiu perceber, nada na conversa tinha provocado aquela interação, mas, quando Madame Duret retornou ao bate-papo, seus olhos estavam brilhando com uma espécie de empolgação contida. Ou talvez fosse só o tremeluzir das velas refletido nas pupilas negras.

Quando o jantar finalmente acabou e Kit estava no corredor que dava para a escada, Sandy a alcançou e colocou a mão em seu braço.

— Vamos sair um pouco — disse, baixinho.

— Sair? À noite? Para quê? — perguntou Kit.

— Vamos ao jardim? Preciso conversar. Vamos, por favor!

— Tudo bem — disse Kit. — Mas é melhor escaparmos pela cozinha. Tenho certeza de que Madame não iria querer a gente perambulando lá fora durante a noite.

Natalie guardava as bandejas quando elas entraram. A moça ergueu os olhos bruscamente.

— Onde é que vocês pensam que vão?

— Ali fora — disse Kit. — Respirar um pouco. — A aspereza de Natalie nunca incomodou Kit, porque ela sabia que a menina gostava dela e que aquele era simplesmente seu jeito.

— Não posso culpar vocês — disse Natalie, então. — Aqui é tudo sempre tão abafado. O resto da equipe está pedindo demissão.

— Está de brincadeira! — exclamou Kit. — Por quê?

— O pessoal simplesmente não gosta daqui, principalmente lá de cima. Dizem que limpar aquele corredor assusta. Uma das meninas diz que fica com dor de cabeça.

— Você também vai embora? — perguntou Kit.

— Eu, não. Preciso do emprego. Tenho que me sustentar e sustentar meu pai, que está doente. Além disso, não ligo para esse negócio supersticioso. O que aconteceu foi há muito tempo, não dá para botar a culpa nisso.

— Do que você está falando? — A curiosidade de Kit tinha sido atiçada. — O que foi que aconteceu aqui?

— Ah, bem, o sr. Brewer era meio esquisito. — Natalie deu de ombros. — As pessoas exageram as coisas. Vocês não vão ficar com frio lá fora? Se quiserem, o meu suéter e o meu casaco estão no armário das vassouras.

— Obrigada — disse Kit, agradecida. — Não vamos demorar.

Dando o casaco a Sandy, ela colocou o gasto suéter azul que estava pendurado na parte de dentro da porta do armário, e as duas meninas saíram para a noite.

A porta da cozinha dava para um dos cantos da casa e levava ao jardim. A lua estava quase cheia, alta, sobre as árvores, enviando longas faixas prateadas pelo gramado. O caminho do jardim reluzia com o luar, e uma tênue e doce fragrância saía dos arbustos, como se recordasse as recentes flores do verão. Abaixo do gramado estava o lago, negro e imóvel, com o luar traçando um caminho prata em sua superfície. O ar da noite estava frio e puro, impregnado do cheiro das árvores. A floresta se erguia numa moldura negra em torno do jardim e do lago brilhantes.

— É tão agradável aqui fora — disse Kit, baixinho. — Que bom que você quis sair. É ainda mais bonito à noite que de dia.

— Eu tinha que sair — disse Sandy. — Se ficasse engaiolada mais um pouco, acho que eu teria morrido sufocada. Kit, será que eu estou ficando louca? O que está acontecendo comigo?

— Você está falando do sonho? — Kit tentou uma voz reconfortante. — Falei com o Jules a respeito, e o que ele disse fez muito sentido. Você está longe de casa pela primeira vez, se ajustando a coisas novas...

— Não é isso — interrompeu Sandy. — Não mesmo, tenho certeza. É esse lugar, é Blackwood. Tem alguma coisa sinistra aqui. Você também sentiu, pode dizer. Eu sei que sentiu.

— Senti, é verdade. — Kit viu que seus pensamentos voltavam àquele primeiro dia em que ela, a mãe e Dan viram a mansão erguendo-se à frente deles, imensa e imponente com a luz do fim da tarde refletida nas janelas, dando a impressão de que a casa inteira ardia por dentro. "Você não sente, mãe?", ela tinha choramingado. "Tem alguma coisa estranha." — Senti — disse ela a Sandy agora, tremendo um pouco, apesar do suéter de lã. — Eu já até tinha comentado isso, e sei bem do que você está falando. Mas não dá para ser a casa, né? Uma casa não tem personalidade.

— Qual foi a primeira palavra que lhe veio à mente quando você a viu?

— Eu... Eu não lembro — gaguejou Kit.

— Lembra, sim. Só prefere esquecer. Havia uma palavra específica: "amaldiçoada".

— Você tem razão — Kit voltou-se para ela, incrédula. — Como você poderia saber disso? Nunca te falei. Nunca falei para ninguém.

— Eu sei porque a palavra estava *ali*. Também senti. Ela fazia parte da primeira visão desse lugar tanto quanto o telhado pontudo. O professor Farley foi me buscar no ponto de ônibus na aldeia, e viemos de carro até aqui naquela bela manhã, com a luz do sol por entre as árvores, e o céu tão bonito, tão azul. Passamos pelo portão e pegamos a rampa de acesso; parecia que tinha uma sombra à frente. Uma força invisível. Quanto mais perto chegávamos da casa, mais escuro ficava, e era aquele tipo de escuridão que você sente, mas não vê... Quando eu saí do carro e passei pela porta da frente, quase me virei e fugi correndo.

— Mas a gente não sente mais isso — disse Kit. — Não o tempo todo. À noite, no corredor, quando está tudo escuro, e nos sonhos... Mas tem muitas horas em que a gente ri, estuda, vai à aula e é tudo legal e normal...

— Porque agora a gente faz parte daqui — disse Sandy. — Você não está vendo, Kit? Nós somos *parte* da sombra. Estamos vivendo nela há semanas e estamos nos adaptando a ela. É por isso que eu queria sair hoje à noite, para poder olhar para a casa e sentir a diferença.

— Parece diferente mesmo aqui fora — admitiu Kit. Parada ali, ao luar, ela podia olhar Blackwood, a imensa casa com telhado pontudo, erguendo-se contra a escuridão mais pálida do céu, como se fosse uma imagem num livro infantil. O quarto de Lynda no segundo andar estava escuro. Acendeu-se uma luz no de Ruth; ela provavelmente estava estudando. O quarto de Sandy, no canto, ficava na ponta do corredor, voltado para o outro lado da casa. E o dela...

— Tem uma luz acesa — disse Kit.

— O quê?

— Uma luz no quarto. Ali, aquela janela ali. Aquele é o *meu* quarto, não é?

— Claro — disse Sandy. — Talvez você tenha deixado a luz acesa quando desceu para o jantar.

— Não deixei — disse Kit. — Eu me lembro de apagar a luz. Depois, tranquei a porta. — Ela ficou tensa, com os olhos colados na janela brilhante, e uma forma escura passou por ela.

— Tem alguém lá — exclamou. — Tem alguém no meu quarto!

— Impossível, se você trancou a porta. — Sandy estava olhando a janela. — De repente, é a cortina se mexendo com o vento.

— Não! É uma pessoa! — Kit saiu correndo. — Vamos! A gente pega ela! Ela não tem como fugir, só pelo corredor. Se a gente chegar à escada a tempo, dá para bloquear a passagem.

Mas as escadas estavam vazias, assim como o escuro e longo corredor. A porta ainda estava trancada. Quando girou a chave e a abriu, Kit encontrou o quarto escuro. Ela acendeu a luz e, antes de qualquer coisa, já sabia o que ia ver. O retrato a lápis não estava mais na mesa. Tinha sumido.

Seu sonho naquela noite foi diferente. Foi um sonho estranho e estranhamente agradável. Ela estava na sala de música, sentada ao piano, e seus dedos iam certeiros nas teclas. Não havia partitura à frente, mas ela tocava como nunca tinha tocado antes. Era uma bela melodia, fria e inquietante como o luar no jardim e macia como o caminho de prata que cruzava o lago.

— Tão bonita — disse a si mesma no sonho. — Eu preciso me lembrar dela para ver se consigo tocá-la de novo.

Mas a música não tinha nome, e ela sabia que nunca a ouvira antes.

Quando acordou de manhã, sentiu-se exausta, como se nem sequer tivesse dormido. Seus dedos doíam.

Capítulo 8

A correspondência estava numa mesa no corredor de entrada, e Kit, voltando de uma aula com o professor Farley, pegou os itens a ela endereçados e os levou para seu quarto para ler.

Havia dois cartões-postais da mãe, um de Cherbourg e outro de Paris, ambos enviados por correio aéreo, mas com uma semana de intervalo entre as datas de postagem.

"Tão empolgante...", dizia o primeiro. "Viagem maravilhosa... Muita gente interessante a bordo. Colocamos o sono em dia e ficamos deitados em espreguiçadeiras." O segundo estava cheio de referências à torre Eiffel, a Montmartre e ao Folies Bergère.

"Cadê suas cartas, querida?", dizia uma observação apressada. "Recebemos seu bilhete em Cherbourg, mas não tivemos mais nenhuma notícia. Você tem o nosso itinerário. Mande aos cuidados da American Express, com tempo suficiente."

Além dos postais, havia uma carta de Tracy. A caligrafia bonita e redonda, quase tão familiar quanto a própria Tracy, fez com que Kit por um momento sentisse bastante saudade de casa.

Deve ser ótimo esse lugar, já que você não consegue nem escrever. E aquela promessa que você tinha feito de me manter atualizada de tudo? Aqui as coisas estão como sempre. Tenho aula de Inglês com a sra. Logan (oba!) e de Latim com o sr. Garfield (eca!). A aula avançada de Arte é sensacional, e a gente pode fazer o que quiser. Tem um cara bonitinho na minha sala de Geometria, Keven Webster. Como você está fazendo em Blackwood sem nenhum homem com menos de oitenta anos?

Tem o Jules, pensou Kit. *Escrevi sobre Jules para ela na primeira carta. Será que extraviou no correio? Mas escrevi duas vezes depois e mencionei-o nas duas.*

Ela virou a página e estava correndo os olhos pelos parágrafos seguintes quando houve uma batida de leve na porta.

— Pode entrar — disse Kit, achando que era Sandy. No entanto, para sua surpresa, a visita era Ruth Crowder.

— Espero não estar incomodando. — A menina de cabelos escuros parou hesitante na entrada do quarto. — Se você estiver no meio do estudo...

— Não estou — disse Kit. — Estou só lendo cartas.

— Então, quero mostrar uma coisa. — Ruth entrou de vez e fechou a porta, com cuidado. — Isto.

Ela estendeu uma folha de papel. Passando olhos, Kit viu que se tratava de um esboço grosseiro de um rosto, um trêmulo desenho de criança do tipo que ela esperaria ver numa exposição da escolinha primária.

— O que é isso? — perguntou. — Veio pelo correio? Foi feito pelo seu irmão mais novo, sua irmã...

— Não — disse Ruth. — É um retrato meu. Foi Lynda quem fez. É o retrato que ela fez para aquele jogo que mencionou na nossa conversa.

— Lynda desenhou *isso*? — exclamou Kit, pegando o papel e estendendo-o na cama. Ruth se aproximou, e, juntas, elas analisaram o desenho. Um rosto redondo e sem forma. Um nariz triangular. Uma boca que parecia uma abóbora de Halloween. Um tufo de cabelo preto.

— O cabelo ela acertou — disse Ruth. — É preto. Francamente, não vejo outra semelhança. Eu sei que não sou nenhuma *miss*, mas pelo menos os meus olhos apontam para a mesma direção. E ela se esqueceu de colocar orelhas.

— Não consigo entender — disse Kit. — Nós vimos que Lynda desenha bem. Aquele retrato que ela fez de mim era bem impressionante.

— Foi muito estranho — disse Ruth, sem alterar a voz. — Lynda não sabe desenhar, não tem talento para nada. Ela é bonita, doce, mas, no dia em que distribuíram cérebros, minha amiga tinha saído para almoçar.

De algum modo, vinda de Ruth, essa afirmação não soava cruel, apenas verdadeira.

— Sente-se — disse Kit, lentamente. — Acho que precisamos conversar.

Ruth fez que sim com a cabeça. Sentou-se na beira da cama. No colo, suas mãos quadradas e fortes se apertavam com força.

— Tem alguma coisa acontecendo aqui — disse, em voz baixa. — Eu sei que tem, mas não sei o que é. Você sente isso?

— Sinto — disse Kit —, e a Sandy também.

— Lynda não. Ela não repara em nada. Em muitos aspectos, é igual a uma criancinha.

— De repente você podia me falar um pouco dela — disse Kit. — E de você. Vocês duas parecem boas amigas, mas são tão diferentes. Não tem nada de errado com o *seu* QI.

— É 150 — disse Ruth, com orgulho. — Eu sempre fui a primeira da classe. Pulei dois anos no fundamental I, e quando cheguei ao fundamental II eu já estava tão na frente da matéria que os livros da escola só serviam para me deixar entediada. E as outras crianças não gostavam muito de mim. Quem quer ser amigo de uma gordinha de nove anos em uma turma em que todos tinham doze? Tanto o meu pai quanto a minha mãe têm doutorado. Eles dão muito valor ao estudo, por isso decidiram me mandar para uma escola especial, sem séries, em Los Angeles. Foi lá que eu conheci a Lynda.

— O que ela estava fazendo lá, se a escola era para alunos brilhantes? — perguntou Kit.

— Bom, não era exatamente. Isso eu descobri depois de entrar. Era só "de elite". Não sei se você sabe, mas Lynda é filha de Margaret Storm.

— Margaret Storm, a atriz? — perguntou Kit, surpresa. — Eu já vi os filmes dela nos canais de clássicos.

— Ela era bem famosa na época — disse Ruth. — Claro que uma atriz glamorosa não fica no topo para sempre. Lynda diz que ela ainda faz filmes, mas que os papéis não são mais tão bons, que ela conheceu algum ator italiano num deles e houve algum escândalo. Bem, ela agora mora na Itália. Por isso Lynda foi estudar longe de casa. Ela estava perdida por lá. Por mais que tentasse, não conseguia acompanhar os estudos. E eu não conseguia acompanhar a vida social. A gente meio que se achou, e no fim isso não foi tão ruim para nenhuma de nós duas.

— Por que você veio para Blackwood? — perguntou Kit.

— Foi coisa dos meus pais. Eles não achavam que a escola em Los Angeles me desafiasse o suficiente... E estavam certos. Quando leram o folheto sobre Blackwood e viram a parte sobre a instrução individualizada, sobre a maneira como cada aluna progride segundo seu próprio nível, ficaram empolgados. Falamos disso durante as férias da primavera, e mamãe escreveu para Madame Duret e combinou que eu faria os exames de admissão, e aí Lynda ficou sabendo e convenceu a mãe dela a deixá-la fazer também. Ela não queria ficar para trás.

— E ela entrou? — disse Kit. — Surpreendente, não?

— Eu não conseguia acreditar — disse Ruth. Achei que tivessem misturado as notas. Mas Lynda gosta daqui. Todo mundo é legal com ela. E agora de repente ela se acha artista e está felicíssima com isso. Madame Duret deu um cavalete a ela, tinta a óleo e telas. Você devia ver o quarto de Lynda! Parece um estúdio profissional.

— Mas se ela não tem nenhum talento artístico — disse Kit —, como fez aquele meu retrato? Você diz que foi "muito estranho", mas isso não é resposta. Como alguém pode produzir algo tão surpreendente quando o melhor que ela tinha feito antes foi *isto*? — falou, apontando para o desenho horrível.

— É isso que é louco — disse Ruth. — Talvez esse retrato seu não seja tão bom quanto a gente achou que fosse. Pegue-o para a gente dar mais uma olhada.

— Não posso — disse Kit. Não está mais comigo.

— Não?

— Alguém pegou — disse Kit. — A porta estava trancada, mas alguém entrou e levou o retrato da minha mesa.

— Quem? — perguntou Ruth.

— Não tenho a menor ideia. Não consigo nem imaginar quem poderia querer esse retrato. Cada uma aqui tem a chave do seu próprio quarto, mas com certeza Madame tem uma cópia. Dependendo de onde ela guardar essas chaves, outras pessoas podem acabar usando também.

— Ou talvez a própria Madame tenha pegado o desenho — sugeriu Ruth.

— Por que ela faria uma coisa dessas? Por que um retrato meu seria tão importante para ela? Além disso, até onde sei, ela nem tinha conhecimento da existência do desenho. Ela não estava na sala de estar quando Lynda trouxe o retrato para nos mostrar. Não tinha ninguém lá além de nós, meninas.

— O professor Farley apareceu — lembrou Ruth. — Ele viu o desenho.

— É verdade, ele viu. Mas por que *ele* iria querer aquilo? Quanto mais a gente fala, mais ridículo isso tudo parece. Lynda, que não sabe desenhar, faz um desenho lindo. Não existe razão para alguém querer o desenho, exceto eu, mas alguém entra num quarto trancado para roubar. A isso vamos acrescentar o pesadelo da Sandy com a mulher do lado da cama dela...

— Um pesadelo?

— É isso que Jules acha que foi. Sandy não tem tanta certeza. Ela já teve experiências assim. Teve uma vez em especial, logo depois dos pais dela morrerem. Eles estavam num avião que caiu, e, antes de qualquer notícia, ela soube. Disse que a imagem veio do nada, a certeza absoluta de que o avião tinha caído e de que os pais estavam mortos.

— Então ela também tem. — Ruth falou baixo, sem surpresa na voz.

— Tem o quê? — perguntou Kit sem se alterar.

— PES. — Ruth fez uma pausa e, vendo a perplexidade no rosto de Kit, explicou: — PES significa "percepção extrassensorial". É tipo um sexto sentido com que algumas pessoas nascem. É uma sensibilidade especial para coisas que a gente normalmente não vê nem ouve.

— E você acha que a Sandy tem isso? — perguntou Kit.
— E você disse: "Ela *também* tem". Você está querendo dizer que *você*...
— Eu tenho desde que me conheço por gente — disse Ruth. — Por um bom tempo, não percebi o que era. Achava que era só parte de ser inteligente, isso de ser capaz de sentir coisas que as outras pessoas não conseguiam perceber. Foi por causa disso também que me dei tão bem na escola. Eu olhava um livro e às vezes nem precisava abrir, eu simplesmente sabia o que havia dentro. Quando os professores faziam perguntas, eu sabia as respostas mesmo que não tivesse estudado o material. Eu sentia pela mente deles. Então eu falava exatamente aquilo que queriam ouvir.
— E Lynda? — perguntou Kit, trêmula. — Lynda também tem essa capacidade?
— Não do mesmo jeito — disse Ruth. — Com ela é diferente. Lynda tem recordações.
— Recordações? — repetiu Kit, confusa. — Recordações *de quê*?
— Isso vai soar bem maluco — disse Ruth. — Eu achei muito doido da primeira vez que ela me falou. Mas hoje, depois de conhecê-la tão bem, quase acredito que seja verdade. Pelo menos acredito que Lynda acha que é.
— E como é com ela, então?
Os olhos de Ruth baixaram para suas mãos, ainda firmemente presas às pernas.
— Lynda tem recordações de outra vida, em que ela nasceu na Inglaterra e viveu no tempo da rainha Vitória.
— Ah, meu Deus! — disse Kit, com voz indicando sua surpresa. Houve um longo momento de silêncio enquanto ela digeria a informação. Então, balançou a cabeça. — Tudo

bem, é maluco. Mas não é mais maluco que a noite em que eu acordei e vi meu pai de pé ao lado da minha cama. De manhã, descobri que ele tinha morrido num acidente na noite anterior.

— Então — disse Ruth, em voz baixa —, você também. — Ela respirou fundo. — Acho que agora a gente entende o que nós quatro temos em comum e por que, entre todas as candidatas, fomos escolhidas para estar em Blackwood.

Primeiro pensou que poderia ser sonho de novo. Mas sabia que não era. No meio da tarde, ela estava a caminho da aula de Literatura com Madame Duret. E, no entanto, a música...

Saía de trás da porta fechada da sala de música. Estranha, bonita e dolorosamente familiar, a melodia tomava conta de Kit, obtendo dela uma resposta que nenhuma música a fizera sentir antes. Ela colocou a mão na maçaneta e abriu a porta. Jules estava sentado de costas para ela, e o som vinha das caixas do equipamento de gravação.

— O que você está tocando? — perguntou Kit. Como ele não respondeu, ela percebeu que o rapaz estava concentrado demais para ouvi-la. Levantou a voz. — Jules, que música é essa? — Com um gesto rápido e assustado, Jules apertou um botão, e o som sumiu abruptamente. Quando ele se virou para ela, sua expressão era de uma raiva irracional.

— Por que você me interrompeu? — começou e, então, ao ver o rosto surpreso de Kit, pareceu se acalmar. Sua voz se abrandou. — Ah, é você.

— Não precisava desligar — disse Kit. — Ouvi a música pela porta. Tão bonita. Quis saber qual era.

— Acho que não tem nome — disse Jules.

— Ah, deve ter. Tudo que está publicado tem nome.

— Bem, claro. O que eu quis dizer foi que eu não sei qual é.

— Não diz no CD?

— Não é uma gravação comercial — disse Jules. — É só uma coletânea de coisas soltas que tirei de algumas fontes porque eu gostava.

— Também gostei — disse Kit. — Principalmente da última peça. Toca de novo?

— Você já ouviu a maior parte. — Jules não fez gesto de que ia ligar o som de novo.

Kit olhou para ele, perplexa. Ela só tinha visto Jules Duret com total controle de si mesmo. Agora ele parecia desequilibrado, como se não soubesse lidar com a situação.

Os olhos dele se desviaram dos dela de um jeito que o fez parecer quase culpado. *Culpado de quê?* Kit não conseguia imaginar. Ela sabia que devia ir para a aula. Já estava atrasada, e Madame não tolerava atrasos. Mesmo assim, ficou parada ali, na porta, observando o jogo de expressões no belo rosto de Jules.

— Você conhece essa música — disse ela, com tom de certeza. — Você se formou em música. Se não lembra o nome dela, ao menos deve saber quem a escreveu. Quem é o compositor?

— Não tenho certeza — disse Jules. — Parece... Bem, acho que é de Schubert.

— Schubert? E você não reconhece? — Kit não acreditava. — Como é possível que você não conheça a obra de alguém tão famoso?

— *Você* não reconhece — disse Jules, defensivo.

— Não, mas não sou estudante de música. Mesmo assim, sei que Schubert morreu quando era muito jovem. Ele não poderia ter escrito tanto assim.

— Olha só, Kit... — Jules agora a olhava de frente. Seus olhos ardiam, e a raiva que ele tinha demonstrado quando virou para ela agora estava em algum lugar de suas profundezas. — Eu não sei o que há com você, mas não preciso desse tipo de interrogatório. Você não sabe nada de música. É impossível que tenha ouvido essa obra antes. Ela é praticamente desconhecida.

— Mas ouvi — disse Kit, baixinho. Ela não apenas a tinha ouvido, como sabia onde.

A música na fita era a mesma melodia fantasmagórica que ela tinha tocado no seu sonho.

Capítulo 9

Em outubro, Lynda pintou uma paisagem e Sandy escreveu um poema.

A paisagem foi pintada a óleo. Era uma tela grande, com sessenta centímetros de altura e um metro de largura. Um lago sereno, refletindo o brilho dourado do sol da tarde. A floresta do outro lado da água estava na sombra, mas o primeiro plano brilhava com a luz do sol e com flores selvagens.

— Onde fica? — perguntou Kit.

— Nas montanhas Catskill — disse Lynda.

— Conhece?

— Acho que nunca fui. Mas sei como é. — Lynda olhava a pintura, orgulhosa. — Gostou?

Kit fez que sim com a cabeça. Estava bonita.

— Lynda — falou Ruth, com delicadeza —, quero que você pense um minuto. Por que você decidiu pintar essa cena específica? Ela veio de um calendário, talvez? Ou será que você a viu na TV?

— Não sei — disse Lynda. Ela franziu o rosto, refletindo. — É engraçado, mas não me lembro de *pensar* nela em nenhum momento. Simplesmente misturei as tintas, peguei o pincel e comecei a pintar.

— Como misturou as cores?

— Não é difícil.

— Pode me ensinar?

— Não — disse Lynda. — Você precisa saber, por instinto. Eu consigo misturar, mas não consigo explicar para outra pessoa. — Ela sorriu como quem pede desculpas, com aquele riso doce e meigo que fazia com que ela parecesse tão mais jovem do que realmente era. — Desculpe, Ruth. Acho que ou você nasce artista e sabe, ou não nasce e não sabe.

Ela mostrou a pintura a óleo a Madame Duret, que a admirou muito e pendurou-a na parede do salão de jantar. Na semana seguinte, Lynda fez mais duas pinturas, pequenas. Ambas paisagens. Uma parecia do mesmo lago, mas de um ângulo diferente, pois mostrava uma trilha que levava à margem. A outra era de campos verdejantes na primavera, planos e esplêndidos sob um céu azul. No canto inferior direito de cada quadro, Lynda gravou as iniciais T. C.

— T. C.? — questionou Kit. — Não são essas as suas iniciais.

— É assim que eu vou assinar meu trabalho — disse Lynda.

— Mas por quê? O que significa? — Kit estava perplexa.

— Nada, na verdade. Eu tirei essas iniciais do nada. As pessoas não precisam usar o nome verdadeiro para pintar, e eu vou pintar como T. C.

Foi logo depois disso que Sandy escreveu o poema.

— Olha o que eu fiz — disse, sem preâmbulos, jogando-se na cama de Kit e entregando-lhe uma folha de papel pautado que tinha evidentemente sido arrancada de um caderno de espiral. — Leia e me diga o que acha.

Era fim da tarde, e Kit, que estava cansada de estudar, largou o livro e pegou o poema. O título era "De partida". Ela correu os olhos rapidamente e depois voltou para lê-lo outra vez.

Nunca achei que seria o paraíso.
Desde o começo a trilha foi penosa.
Nada feio furtou-se a meu juízo,
e espinhos sempre houve em minhas rosas.
Porém, meu chão foi firme e permanente,
e no verão a brisa me beijava.
Era doce o aroma do poente,
e belo o alvorecer que eu contemplava.
Conheço brejos vis e putrefeitos
e rios claros, céus cheios de estrelas.
O mundo amei: olhando seus defeitos
beleza vi, e mesmo com as mazelas.
Cantem os anjos glórias infinitas:
se eu parto, parto triste, quase aflita.

— Foi você que escreveu isso? — Kit olhou impressionada para a amiga. — Puxa, Sandy, é... é...

— Não precisa falar nada — interrompeu Sandy. — Eu sei que é bom. Também sei que não fui eu que o escrevi.

— Você tirou o poema de algum lugar?

— Talvez — disse Sandy. — Não é possível que eu tenha escrito. Por outro lado, não me lembro de ter lido esse poema. Eu nunca leio poesia, só quando é para alguma aula.

— Eu também não reconheço — disse Kit. — Talvez Ruth saiba de onde vem. Ela leu bastante.

Kit já estava saindo para procurar Ruth, quando Sandy a impediu com a mão.

— Não vamos envolver a Ruth nisso.

— Por que não? — Kit ficou surpresa.

— Eu não gosto dela — disse Sandy. — Tem alguma coisa nela que me deixa desconfortável. Não consigo dizer exatamente o que é, mas tenho a sensação de que no fundo tem alguma coisa estranha, e que a única pessoa com quem ela realmente se importa nessa vida é ela mesma.

— Ela é superinteligente — disse Kit.

— Sim, é verdade. E faz com que eu me sinta burra. Mesmo assim... — Sandy respirou fundo. — Acho que estou sendo boba. Ok, pode perguntar para ela. Se for algo conhecido, ela provavelmente vai saber o que é.

Ruth, porém, não reconheceu o poema.

— É um tipo de soneto — disse, estudando o papel. — Tem alguma coisa de familiar nele, mas eu nunca li. — Ela voltou os olhos para Sandy. — Onde você achou isso?

Como Sandy não respondeu, Kit falou em seu lugar.

— Ela escreveu agora à tarde.

— Então por quê... — Ruth parou, como se de repente entendesse tudo. Seus olhos aguçados e escuros tiveram um lampejo de interesse. — Como foi que aconteceu, Sandy? Você costuma escrever poesia?

— Nunca — disse Sandy, sem hesitar. — E não sei distinguir um tipo de soneto de outro. Por isso é tão maluco. Fui até o quarto depois do almoço e me deitei na cama para dar uma olhada em alguns exercícios de álgebra. Acho que peguei no sono, porque de repente me dei conta de que tinha passado muito tempo. Eu estava com um lápis na mão, e numa página do caderno estavam os problemas; na outra, esse poema.

— "De partida." — Ruth leu outra vez o título. O rosto dela estava vermelho, com a empolgação contida. — Primeiro Lynda, e agora você.

— O que Lynda tem a ver com isso? — perguntou Kit.

— Você não vê a conexão? Lynda nunca pintou antes, e mesmo assim ela de repente parece ter um talento impressionante e faz quadros que deveriam estar em museus. Sandy nunca escreveu poesia, e aqui está ela escrevendo sonetos. E eu...

Ela parou. Kit a olhou, perplexa.

— E você?

— Eu estou trabalhando em coisas bem complexas de matemática — disse Ruth, cuidadosamente —, de um tipo que eu nem imaginaria. Primeiro, achei que estava só escrevendo um monte de números. Eu não via nenhum sentido neles. Mas agora eu consigo ter uns vislumbres de entendimento. É como se eu tivesse aulas com alguém que é muito, mas muito mais capaz que o professor Farley.

— Aonde exatamente você quer chegar? — O rosto de Sandy estava de um branco mórbido, mesmo com as sardas. — Você está tentando dizer que tem alguma coisa sobrenatural nessa história?

Ruth lançou-lhe um olhar desafiador.

— Você tem explicação melhor?

— Qualquer explicação é melhor que essa — disse Sandy, com a voz trêmula.

— Tinha aquela mulher — disse Ruth —, naquela noite, no seu quarto, quando Kit ouviu você gritar. E teve aquela vez depois da morte dos seus pais, quando você sentiu o desastre de avião. Se esses acontecimentos não forem sobrenaturais, eu quero saber se você tem um nome melhor para eles.

— Você contou essas coisas para ela? — Sandy se virou para Kit, com um tom acusador. — Eu só contei porque confiei em você.

— Desculpe — disse Kit. — Não achei que fosse segredo. Tudo isso é parte do mistério de Blackwood. Nós precisamos compartilhar nossas experiências. Talvez assim vejamos algum padrão. Ruth acha que nós quatro temos percepção extrassensorial e que, por isso, fomos escolhidas para estudar aqui.

— Aquelas provas de admissão que nós fizemos — disse Sandy, ponderadamente — de fato *eram* meio diferentes. — Ela fez uma pausa. — Então, se é verdade... Se fomos escolhidas por essa razão... Quer dizer que Madame Duret...

Ela não completou a frase, e Ruth finalizou por ela:

— Quer dizer que Madame Duret queria que viéssemos para Blackwood exatamente por esse motivo.

O quarto ficou em silêncio enquanto elas digeriam essa afirmação. Kit pensou: *não pode ser. A gente está inventando, a gente está inventando uma história e dando umas às outras papéis nela, exatamente como Tracy e eu fazíamos quando éramos mais novas.* Mas ela não tinha mais doze anos, e Tracy não estava ali, e Ruth não era muito fã de brincadeiras. Sandy também não estava brincando; sua expressão era de náusea.

— Vamos ter que perguntar — disse Sandy, meio sussurrando.

— Perguntar para a Madame Duret? — Ruth fez que não com a cabeça. — Não ganharíamos nada com isso. Qualquer pergunta que fizermos, ela vai saber responder. A gente não tem prova de que alguma coisa está errada. Lynda está pintando, e Sandy virou poeta. Isso prova o quê? Só que Blackwood é uma boa escola e traz à tona talentos latentes nas alunas.

— É a mesma coisa com sua habilidade matemática — disse Kit. — Ela vai dizer que o professor Farley é excelente. Acho que eu sou a única pessoa aqui que não desenvolveu um novo talento. — Ela tentou falar com uma voz menos carregada: — Eu me sinto meio de fora.

— Queria eu ter sido deixada de fora — disse Sandy. — Isso é assustador. Se nós não podemos perguntar diretamente para a Madame Duret, então o que a gente *pode* fazer? Se a teoria da Ruth está certa e nós todas estamos aqui porque temos personalidades sensíveis, então quero saber o que está acontecendo. Eu sou a mesma pessoa que era em casa, mas lá eu não escrevia poesia. Por que aqui em Blackwood eu escrevo? Será que tem mesmo alguma coisa neste lugar?

— O que a gente sabe de Blackwood, além do fato de que é uma propriedade antiga? — perguntou Ruth. Eu não sei nem o nome da família que era proprietária daqui antigamente.

— Isso eu sei — adiantou-se Kit. — É Brewer. Mas não ajuda muito.

— Não tem jeito de ir até a cidade perguntar — disse Sandy. — Não saímos da escola desde que chegamos aqui. Até lá são mais de vinte quilômetros, o que é mais do que eu estou disposta a andar.

— E você nem ia conseguir sair — disse Kit. — O portão fica fechado o tempo todo; só abre quando o professor Farley desce de carro para pegar a correspondência. E as pessoas da cidade que trabalham aqui?

— Que pessoas? — disse Ruth. Todas se demitiram, menos Natalie Culler, que não abre a boca.

— Às vezes ela fala comigo — disse Kit. — Ficamos meio amigas no dia em que cheguei, antes de vocês aparecerem.

— Bem, não há nada a perder... — admitiu Ruth. — Se você quiser, pode perguntar a ela. O pior que pode acontecer é ela se recusar a responder.

— Vou perguntar — disse Kit, determinada. — Assim que tiver oportunidade.

* * *

Naquela noite choveu. Uma chuva pesada, que não parava, batendo no telhado, açoitando as janelas e jorrando pelas calhas. Deitada na cama, Kit fechava bem os olhos e tentava fingir que era uma chuva qualquer, que ela estava em seu quarto em casa e que o telhado era apenas uma laje que a separava do próximo andar de apartamentos, que a mãe dela estava no quarto ao lado, lendo, vestindo sua camisola azul, com uma máscara de argila. *Daqui a um minuto*, pensou Kit, *ela vai largar o livro, sair da cama e vir ao meu quarto verificar a janela.*

Mas, quando a porta do quarto se abriu, não foi sua mãe quem entrou.

— Kit — perguntou uma voz, baixinho —, você está acordada?

— Estou — disse Kit. — O que foi? Alguma coisa errada? Espere um minuto, vou acender a luz.

— Não, não precisa — disse Sandy. — Eu só quero dizer uma coisa. A mulher... O nome dela é Ellis.

— A mulher no sonho? Você deu um nome para ela?

— Kit, não era sonho. — Sandy parecia segura do que dizia. — É outra coisa, que vai além de um sonho. Ellis existe. É uma pessoa de verdade. Tenho certeza.

— Impossível — disse Kit. Ela estendeu a mão e procurou a luminária ao lado da cama.

— Não faça isso — disse Sandy. — Por favor, não acenda a luz. Enquanto está escuro, eu a vejo como uma imagem em minha mente. Ela é jovem, mais jovem do que achei da primeira vez, com olhos lindos, sonhadores e cheios de tristeza, como se ela tivesse passado por muito sofrimento.

— Da primeira vez, você teve medo dela — disse Kit. — Você gritou.

— Dessa vez, não. Eu não tenho mais medo. Só queria dizer isso. — Os pés dela roçaram o chão. — Boa noite, Kit.

A porta do quarto se abriu e se fechou. Sozinha de novo, Kit tremeu e puxou os cobertores para cima. Deitada na cama, sentiu o clima pesado do quarto, com a umidade e o barulho lento e grave da chuva lá fora.

Capítulo 10

Demorou um pouco até Kit conseguir conversar com Natalie. Foi só alguns dias depois, após o jantar, que ela teve a oportunidade.

A refeição transcorreu com calma, sem o papo de sempre. Jules tinha comido mais cedo e ido de carro para a cidade. O professor Farley não jantou com eles, pois estava empenhado em seus escritos e não queria ser interrompido.

— Essa é a vida dos professores — explicou Madame Duret, delicadamente. — Eles precisam sempre publicar algum artigo. Talvez chegue o dia em que vocês façam a mesma coisa.

Lynda também não estava na mesa. Ela pediu a Ruth que avisasse que não estava se sentindo bem, e Madame solicitou que uma bandeja fosse levada para ela.

— Eu levo — ofereceu Kit, como se a presença delas à mesa tivesse sido dispensada.

— Muito gentil da sua parte, Kathryn — disse Madame. Ela fez uma pausa, como se fosse acrescentar alguma coisa, e então obviamente mudou de ideia.

Ao subir as escadas, Kit percebeu que havia semanas desde que ela entrara no quarto de Lynda. Da última vez, tinha ficado impressionada com como ela tinha deixado aquele quarto tão feminino. Em cima do gaveteiro, havia inúmeros cosméticos; rosas artificiais saíam de um vaso na escrivaninha; e o espelho tinha sido circundado de fotografias, todas da própria Lynda, sorrindo recatadamente para diversos rapazes que a admiravam. Os romances de amor que Lynda adorava ler estavam enfileirados na mesinha de cabeceira, ladeados por apoios de livros delicadamente ornados, e na cama havia um travesseiro rosa com formato de gato.

No entanto, dessa vez Kit levou um susto ao entrar. Como Ruth dissera, o quarto realmente lembrava o estúdio de um artista. Havia um cavalete perto da janela, onde batia a luz da manhã. A tela nele estava só parcialmente completa; era uma calorosa cena num bosque, com cores delicadas, em que a esguia figura de uma menina ajoelhava-se perto de um riacho tortuoso. Árvores curvavam-se acima dela, formando um grande arco verde, e o reflexo no riacho devolvia o rosto risonho de uma ninfa da floresta.

Outras imagens, em diversos estágios de desenvolvimento, apoiavam-se contra as paredes ou estavam empilhadas no canto. Era difícil acreditar que Lynda criara todas elas num período tão curto.

— Oi — cumprimentou Kit. — Eu trouxe o jantar. Madame disse que você não estava bem.

Lynda estava estirada, completamente vestida, sobre a cama. Não estava com maquiagem, e seu cabelo caía oleoso sobre o travesseiro, como se ela não tivesse se dado ao trabalho de lavá-lo por muito tempo.

Ela olhou a bandeja e torceu o nariz.

— Obrigada, mas realmente não quero nada. Estou sem nenhuma fome.

— Você precisa comer — disse Kit. — Está ficando magra. — As palavras eram verdadeiras. Os olhos de Lynda pareciam enormes em sua bela face, e os delicados traços de suas maçãs do rosto projetavam-se abaixo da pele normalmente perfeita. Agora até sua pele tinha um quê amarelado.

— Eu falei que estou sem fome — disse Lynda, teimando. — Eu só estou cansada. Tenho trabalhado muito.

— Eu acredito, pelo que estou vendo aqui. — Kit acenou com a cabeça na direção da figura no cavalete. — Essa vai ficar bonita.

— Vai? — disse Lynda. — É, acho que vai.

— O que você vai colocar ali? — Kit fez um gesto para uma área inconclusa no primeiro plano.

— Como vou saber? Vai vir na hora em que eu pegar o pincel. — Lynda virou o rosto e cobriu os olhos com o braço. — Tira essa comida daqui, ok? Não aguento nem o cheiro.

Kit a olhou, preocupada.

— Espero que você esteja melhor amanhã.

— Estarei — disse Lynda. — Preciso estar. Tem tanta coisa para fazer. Ele quer tanto. Não para nunca.

— *Ele*? — Kit ressaltou a palavra. — Do que você está falando? Quem quer tanto?

— Por favor — disse Lynda —, só me deixa em paz. Estou tão cansada... Depois a gente conversa, ok?

— Ok. — Kit permaneceu ali por mais um instante, olhando a esguia colega na cama.

Aquela era mesmo Lynda Hannah, a menina de rosto iluminado e riso melodioso, cuja única preocupação menos de dois meses antes era o fato de não haver internet para ela bater papo on-line? *Ela mudou*, pensou Kit. Não era uma mudança superficial, mas uma transformação no âmago da personalidade. *Não é a mesma pessoa.*

— Lynda — disse Kit, baixinho —, por favor, me explique. Alguma coisa aconteceu. Você não quer me dizer o que foi?

A menina na cama não respondeu. A respiração dela era lenta e profunda, e Kit percebeu que ela já estava dormindo.

Natalie lavava a louça quando Kit levou a bandeja de volta para a cozinha. Ela deu uma olhada no prato intocado e sacudiu a cabeça.

— Não quer comer, é?

— Falou que está cansada.

— Que engraçado — disse Natalie. — Ninguém está comendo do mesmo jeito que antes... Tirando os homens, talvez, e Madame. O que há com vocês, meninas? Estão doentes?

— Espero que não — disse Kit, colocando a bandeja na bancada. Ela fez uma pausa, sabendo que era a oportunidade pela qual esperava. — Natalie, posso perguntar uma coisa?

— Você sabe que eu não posso ficar de conversa com vocês. — Natalie ficou em silêncio um instante, até que foi vencida pela curiosidade. — O que você quer saber?

— Quero saber mais sobre Blackwood. A casa já existe há bastante tempo, né? Você deve ter ouvido falar muito a respeito.

— É um lugar antigo, com certeza — disse Natalie. — Mas Blackwood é o nome novo. Antigamente, este lugar era chamado de casa dos Brewer. Ninguém morava aqui. O mato tinha crescido todo em volta, então mal dava para ver a construção pela cerca... Só o telhado aparecia.

— Como você sabe? — perguntou Kit. — Você olhou pela cerca para ver?

— Bem, todas nós olhávamos — disse Natalie, um pouco na defensiva. — Todas as crianças, quer dizer. Tinha tantas histórias sobre este lugar... Os adolescentes costumavam vir até aqui e estacionar na rampa de acesso.

— Você também?

— Uma ou duas vezes — disse Natalie, corando um pouco. — Nada aconteceu. Não vimos nada. Para mim, quem dizia que via alguma coisa estava inventando histórias de terror para assustar a gente.

— O que essas pessoas viam, ou fingiam ver? — insistiu Kit. — Chegaram a dizer?

— Luzes nas janelas. Sombras se mexendo. Coisas assim. Claro, o velho Brewer aparentemente era um sujeito bem estranho na época em que morava aqui. Qualquer pessoa que morasse sozinha num lugar como este não podia bater muito bem.

— Ele morava aqui sozinho?! — exclamou Kit. — Neste lugar enorme?

— Bem, não no começo — disse Natalie, enquanto colocava parte da louça na máquina. — Quando ele se mudou para cá, tinha uma família bonita, uma bela esposa e três ou quatro filhos. O lugar era bem-cuidado, com criados e jardineiros, e aquele lugar que Madame Duret transformou em aposento para o professor era um estábulo de verdade. Então, houve um incêndio. O sr. Brewer estava viajando a negócios na época, e ninguém nunca descobriu como o fogo começou. Aconteceu na ala de quartos em que a família dormia. Tiveram que chamar o corpo de bombeiros voluntários da cidade, que demorou muito, porque era sábado à noite e não encontraram boa parte dos bombeiros. Na hora em que chegaram aqui e controlaram o estrago, era tarde demais.

— Quer dizer que toda a família do sr. Brewer morreu? — perguntou Kit, horrorizada. — A esposa e os filhos?

— Contam que eles morreram por causa da fumaça — disse Natalie. — A estrutura da casa não foi tão prejudicada. Quando o sr. Brewer voltou e descobriu o que tinha acontecido, mandou embora todos os criados e bloqueou o portão. A partir de então, passou a morar aqui sozinho.

"Ele descia até a aldeia e ia à igreja aos domingos; falava sobre a família como se todos estivessem vivos, ainda morando com ele. Às vezes ele ia até a mercearia e dizia: 'Minha mulher pediu para eu pegar algumas coisas'. Comprava doces e outras coisas para as crianças, além de cereal para o mais novo."

— Que coisa horrível! Coitado! Quanto tempo durou isso?

— Anos e anos — contou Natalie. — Começou um boato na cidade de que a família dele estava mesmo morando aqui, como fantasmas. Uma vez, o sr. Brewer chamou um técnico para consertar o encanamento, e o homem disse ter ouvido um bebê chorando em algum lugar nos fundos da casa. Depois disso, ninguém mais queria vir até aqui. Quando o sr. Brewer morreu, foram semanas até alguém ficar sabendo. Na verdade, começaram a se perguntar por que ele não ia mais à igreja todos os domingos. Então, vieram aqui, e lá estava ele, de um lado da cama de casal. Disseram que ao lado dele havia uma concavidade na cama, como se alguém tivesse acabado de se levantar.

— E depois que ele morreu? — perguntou Kit. — O que aconteceu?

— Entraram em contato com uns primos distantes, que vieram enterrá-lo. Eles não queriam a casa e, depois do funeral, colocaram tudo à venda numa imobiliária. Ela estava realmente acabada quando Madame Duret a comprou. Ela fez muitas obras, consertou o telhado, refez o paisagismo e, claro, mandou consertar a ala dos quartos para vocês, meninas, poderem morar ali.

— A ala dos quartos — disse Kit, lentamente. Um gélido tremor percorreu sua espinha. — Quer dizer que a ala em que a gente dorme é onde o incêndio aconteceu?

— Exatamente — disse Natalie. — Mas é quase impossível perceber, porque a reforma ficou mesmo muito bonita. Os empregados que ela contratou na cidade, porém, não gostavam de limpar lá. Diziam que dava calafrios. Por isso que foram embora.

— Natalie! — Uma voz baixa e forte falou atrás delas. Kit logo viu Madame Duret de pé na entrada da cozinha. O rosto da mulher estava pálido de ódio, e seus olhos negros estavam em chamas. — Natalie, você recebeu ordens para não conversar com as alunas!

— Desculpe, Madame — disse Natalie, tensa. — Não faço isso sempre.

A voz de Madame estava gélida.

— Suas ordens eram para não fazer isso *nunca*.

— Não é culpa da Natalie — disse Kit. — Eu que insisti.

Os olhos de Madame transferiram-se para ela, e Kit sentiu sua força tocá-la com a energia de um choque elétrico. Era como se duas agulhas tivessem sido empurradas em seu corpo.

— Você deve ter lição para fazer, Kathryn — disse Madame. A voz dela soava firme como aço. — Sugiro que suba e comece. Natalie é responsável pelo que faz. Ela não precisa de você para defendê-la.

— Mas ela só... — Kit começou, e as palavras lhe escaparam diante da força daquele olhar negro. Ela tentou encarar Natalie, mas não conseguiu mover os olhos na direção da moça. Contra a sua vontade, ela saiu de perto da pia da cozinha.

Como se por conta própria, suas pernas a levaram, passo a passo, pela cozinha e porta afora, até o salão de jantar.

E ao corredor do outro lado.

E escada acima.

E pelo corredor escuro até o quarto.

Quando fechou os olhos, a música começou. Não esperava mais até Kit dormir; agora, a música parecia simplesmente ficar atrás de suas pálpebras, esperando que elas caíssem, de modo que, assim que Kit ia para o escuro interior, lá estava o som. Com força cada vez maior, a música dominava as extremidades de sua mente e rastejava incansavelmente para seu centro.

Estou sonhando, disse Kit a si mesma com firmeza, mas sem estar completamente certa disso. Ela estava consciente demais do travesseiro abaixo de sua maçã do rosto, do cobertor sobre seus ombros. Ela sabia que estava com frio.

Se eu abrir os olhos, pensou, *ela vai embora.*

Vai mesmo?, sussurrou uma voz interior. *Tem certeza?*

Capítulo 11

Querida Tracy,

Essa carta vai parecer uma loucura. Queria que você estivesse aqui para podermos falar pessoalmente. Você é sempre tão racional, tenho certeza de que teria uma explicação. E, pensando bem, não sei nem como começar a contar.

Só sei que tem alguma coisa muito errada. Às vezes eu me olho no espelho e parece que vejo uma estranha. O rosto é o mesmo, só está mais magro – parece que todas nós estamos emagrecendo – e com uma expressão meio esquisita. Podem ser as olheiras.

Mas não é só uma coisa física. Também estamos mudando em outros aspectos. Lynda, por exemplo. Ela parou de ir às aulas e fica no quarto o dia todo; metade das vezes nem desce para as refeições. Madame Duret manda uma bandeja para ela, mas a comida volta praticamente intocada. Quando Lynda desce, bem às vezes, parece um fantasminha esbranquiçado, só pele e osso e olhos enormes que ficam nos encarando. E os olhos não parecem focar em nós. Eles enxergam através de nós, por dentro, como se estivessem vendo alguma coisa que o resto de nós não vê.

Quando você fala com Lynda, ela responde de um jeito vago, estranho, como se a mente dela estivesse em outro lugar, e às vezes as respostas não têm nada a ver com as perguntas.

Tem outras vezes em que ela não parece saber que estamos ali. É simplesmente assustador. E ontem Ruth foi falar com Madame Duret e deu a entender que Lynda talvez precise de um médico.

Madame diz que não há nada de errado, que Lynda acaba de despertar para a descoberta de seu talento artístico e está trabalhando muito, que não surpreende que esteja cansada, mas que é um cansaço bom, do tipo que vem quando você realmente realiza alguma coisa. É possível que alguma coisa "boa" deixe uma pessoa com a aparência e com o jeito da Lynda?

E tem a Sandy. Ela também está mudando. Sonha muito e me diz que é sempre o mesmo sonho, aquele da mulher que vem e fica ao lado da cama dela. No começo, ela tinha medo, mas agora por alguma razão parece que não se assusta mais. Ela contou que o nome da mulher é Ellis e fala dela como se fosse uma pessoa real.

Tracy, será que eu estou ficando louca? Porque eu também sonho. Nos meus sonhos, eu toco piano – e não toco mal do jeito que costumo tocar, mas muito bem, e sem nenhuma partitura. No começo, a música era suave e bonita, e o sonho era feliz, mas agora não é mais assim. Agora a música me rasga com tanta força que, quando acordo, a dor que sinto é física, fico mesmo cansada. Meus braços e minhas mãos doem como se eu realmente tivesse tocado por horas.

Consegui algumas informações sobre o passado de Blackwood. Não gostei nem um pouco. Tracy, não quero mais ficar aqui. Não me importa se está tudo na minha imaginação, não quero ficar aqui. Escrevi à mamãe e perguntei se não posso morar com você e com sua família até ela e Dan voltarem para casa. Será que os seus pais topariam? Espero que sim.

Escreva para mim. Já faz muito tempo que não tenho notícias suas, e você nunca responde a nenhuma das minhas perguntas nem comenta nada sobre o que escrevo. Será que é porque mandar cartas comuns é um negócio muito, muito chato? Ou será que as minhas correspondências estão extraviando? Talvez nem estejam sendo enviadas. O professor Farley faz a viagem para a cidade todo dia e leva nossas cartas. Ele deve enviá-las, certo? Quer dizer, seria contra a lei ele não enviar, não seria? Estou confusa. Tracy, por favor, por favor, me escreva.

— Escrevi mais um poema — disse Sandy.
— Mesmo? — Kit não olhou diretamente para a amiga, mas sentiu um frio na barriga, numa expectativa nervosa.
— Não fiz sozinha — disse Sandy. — Ellis está me ajudando. Ela escreve muito bem. Até publicou um romance.
— Sandy, por favor — disse Kit, cansada. — Preferiria que você parasse de falar dessa mulher como se ela existisse de verdade.
— Escuta só — disse Sandy. — Me diz se você gosta.

No vento, rei da noite, vento que conduz
as estrelas mil, solitárias em seu cárcere,
procuro a paz para que a morte por mim passe
no eterno diluída, como a luz na luz
se dilui para além do brilho de uma face.
Ali, onde o luar nos pântanos fulgura,
nas sombras desenhando-se, ali está
a paz, e ali procuro, e ela fugirá.
Poder dormir, sem ter sonhos, longe das loucuras,
é só o que eu desejo...

— Chega! Por favor, chega! — Kit ergueu a mão para contê-la. — Não quero ouvir o resto. É mórbido. Parece que você está *morta*.

— Achei que você fosse gostar — disse Sandy, falando como quem estava ferida.

— Não gosto, não. O que aconteceu com você, Sandy? A gente costumava rir tanto juntas. Lembra as piadas que a gente contava e como a gente queria pregar uma peça na Ruth? A gente também ia fazer uma festa à noite e contrabandear um monte de comida para o meu quarto e fazer um banquete à meia-noite.

— Você ainda quer fazer essas coisas? — perguntou Sandy, perplexa.

— Não — admitiu Kit. Por alguma razão, os planos que pareceram tão divertidos nos primeiros dias de Blackwood agora soavam infantis e ridículos. Sandy baixou os olhos para o poema.

— Ellis não acha muito bom — disse. — Ela não quer que eu mande para nenhuma editora. Ela acha que conseguimos fazer melhor.

— Mas de novo você com isso! — interrompeu Kit, exasperada. — Você está falando dessa... Dessa pessoa do seu sonho como se ela fosse real!

— Ela é um sonho? — perguntou Sandy, lentamente. — Quando ela fala comigo, é tão sensível, tão certeira. Eu me questiono. Kit, você se lembra do que a Ruth falou sobre todas nós termos várias formas de percepção extrassensorial? — Kit fez que sim com a cabeça, e Sandy continuou: — Bem, e se eu tiver usado a minha percepção para sintonizar uma pessoa, uma pessoa de verdade que mora em algum lugar do mundo e tem uma mente que opera na mesma frequência que a minha? Será que é impossível?

— Você está dizendo que acha que em algum lugar por aí realmente existe uma mulher chamada Ellis? — perguntou Kit, incrédula.

— Por que não? Ela não precisa estar em nenhum lugar perto... Nem mesmo neste país. Na verdade, tenho a sensação de que ela *não* está neste país. Pelo jeito como fala e pelas referências a coisas como brejos e teixos, ela deve morar em algum canto como a Inglaterra ou a Escócia.

— Não é possível — disse Kit. — As pessoas não se comunicam por sonhos. Elas escrevem cartas ou e-mails, elas telefonam...

— Não grite — disse Sandy. — Estou ficando com dor de cabeça. Não sei explicar isso, Kit. Ruth é que é especialista em acontecimentos científicos. Eu só sei que, para mim, Ellis é real, mais real que qualquer sonho poderia ser. Não importa se você gosta ou não dos poemas dela. Eu gosto e fico feliz por ela se comunicar justamente comigo.

Seu rosto estreito estava vermelho de raiva, e Kit se sentiu ficando quente em resposta.

— Você soa como uma garota de doze anos apaixonada por uma estrela de cinema! Só que uma estrela de cinema, pelo menos, a gente pode ver na tela.

— Cala a boca — disparou Sandy. — Não devia ter contado a você sobre Ellis.

— Você não precisou me *contar*. Eu te ouvi gritando, lembra? Você não achava essa superpoeta tão fantástica *na época*! — Por mais que tentasse, Kit não conseguia evitar as palavras duras. — É este lugar, este lugar terrível! Ele está fazendo alguma coisa com você! Você está ficando quase tão maluca quanto Lynda!

Mas Sandy já tinha saído do quarto, batendo a porta atrás de si. Exausta, Kit se jogou na cama. A intensidade da discussão a deixou sem forças e assustada. Sandy era amiga dela, a amiga mais próxima que tinha naquele mundo estranho e cercado que era Blackwood. Como Kit poderia ter falado com ela daquele jeito, simplesmente chamando Sandy de louca? Por que as razões da garota mereciam menos respeito que as dela própria ou as de Ruth? Se Sandy era louca, então todas elas eram.

Kit deveria chamá-la de volta e pedir desculpas. Ela sabia disso e, mesmo assim, seu cansaço era tão grande que ela não conseguiu. Ela ergueu as mãos e apertou-as com força contra as pálpebras, então sentiu o palpitar em sua cabeça que significava o começo da música. *Não vou ouvir*, disse a si mesma. *Dessa vez, vou vencer. Não vou ficar deitada aqui escutando isso.*

Mas, assim como tinha acontecido naquela noite na cozinha, quando Madame Duret a mandou subir, seu corpo não obedecia a sua ordem mental. Como a plateia de um concerto, Kit sentiu a música tomar conta de si, primeiro de leve, depois mais e mais forte, ganhando ritmo e volume.

— Sandy! — Ela queria chorar. — Sandy, volta! Vem me ajudar!

Mas ainda que Kit conseguisse sentir a garganta se esforçando para enunciar as palavras, elas se perderam na música. Mais alta agora, ela veio aumentando e aumentando naquilo que ela saberia que seria um estrondoso *crescendo*.

Cansada demais para combatê-la, Kit parou de resistir e deixou-se levar como uma folha na corrente ligeira do som silencioso. Adormeceu. Ela não estava consciente do que acontecia e, quando abriu os olhos, a luz da tarde tinha sumido do céu além da janela e o quarto estava escuro.

Fazia frio. Tanto frio que ela não sabia se conseguiria se mexer. Seu corpo inteiro estava inerte com o peso gelado. Era o mesmo estranho frio que ela sentira no quarto de Sandy naquela noite, tantas semanas atrás; um calafrio intenso demais para ser natural, temperado pela sensação de umidade e por um suave odor que ela não distinguia.

Por alguns momentos, Kit ficou lá, imóvel. Então, com um esforço enorme, estendeu a mão e achou a luminária. A luz brotou, e o quarto familiar passou a existir à volta: o gaveteiro, a mesa, o espelho ornado, o dossel vermelho arqueado sobre a cama. Lutando contra a letargia que ameaçava arrastá-la de volta para a inconsciência, Kit se levantou e foi pegar um suéter. Tirando-o do cabide, ela lançou os braços pelas mangas e o abotoou até o pescoço. O frio parecia escorregar pelo pesado material e infiltrar-se até em seus poros.

Tremendo muito, ela olhou o relógio. Quinze para as sete. Lá embaixo, no salão de jantar, estariam todos comendo. Ela conseguia imaginar a grande mesa redonda debaixo do lustre cintilante e o grupo reunido à volta: Madame, imponente e graciosa; o professor Farley, afável, de barba; Jules, belo e pensativo. Ruth estaria à mesa. E Sandy. *Melhor eu descer*, pensou Kit, *nem que seja só para ver a Sandy. Se eu não descer, ela vai achar que é por causa da nossa briga.* Quanto mais cedo as coisas ficassem bem entre ela e Sandy, melhor.

A ideia de comer a deixava levemente nauseada. Mesmo assim, qualquer coisa era melhor que ficar sozinha num quarto frio como um túmulo.

Ao sair para o corredor, Kit fechou a porta e a trancou. O ar estava mais quente ali, mas ela ainda estava tremendo. Do outro lado, a lâmpada fraca projetava um leve círculo de luz, e o corredor inteiro parecia feito de sombras.

Lentamente, Kit seguiu na direção das escadas. No espelho no fim do corredor, viu uma menina magra, de rosto esbranquiçado, num pesado suéter, movendo-se em sua direção.

Sou eu?, pensou, sobressaltada com a aparência da menina, com a falta de vida em seus olhos, com o cabelo sem viço, despenteado, com o caminhar pesado e metódico. Seria aquela a mesma Kit Gordy que andara com entusiasmo por esse corredor alguns meses atrás, com os olhos brilhando, o rosto iluminado, querendo conhecer suas colegas?

Estou péssima, pensou Kit, deprimida. E então, no momento em que inclinou a cabeça para o lado, ela viu o homem andando atrás de si. Paralisada de horror, ficou ali, com um pé levantado para o passo seguinte, os olhos mirando os outros olhos refletidos no espelho.

Não pode ser, disse a si mesma. *Não tem ninguém atrás de mim. O corredor estava vazio quando saí do quarto. Qualquer pessoa atrás de mim teria de ter saído dele comigo, e isso é impossível.* De qualquer modo, o homem estava lá; a imagem dele era tão nítida quanto a dela, tão perto atrás de Kit que era incrível que ela não sentisse a respiração em sua nuca.

Segurando o fôlego, Kit fez a única coisa que podia naquele momento: fechou os olhos e gritou.

Capítulo 12

Depois de começar, ela não conseguia parar. Gritos e mais gritos jorravam de sua garganta, em gemidos intensos e espedaçados. Ela gritou por um tempo que pareceu um milhão de anos, até que de outro mundo ela ouviu o som de passos nas escadas e uma voz chamando seu nome. Então, mãos fortes seguraram seus ombros.

Jules disse:

— Kit! Kit, o que foi? O que aconteceu?

— Ali — Kit conseguiu soluçar —, ali, atrás de mim...

— Não tem nada atrás de você.

Kit abriu os olhos e o encarou, observando o rosto de ossos finos e traços perfeitos inclinado perto do dela, os olhos negros de pesadas pálpebras, agora cheios de preocupação.

Tinha sumido a raiva que brotara ali no dia em que ela o interrompera na sala de música enquanto tocava a canção de Schubert. Tinha sumido o desconforto que existira entre os dois desde então.

Ele se importa, pensou ela, que, mesmo ainda aterrorizada, se apegou a essa ideia. *Ele se importa de verdade.*

— Tinha alguém aqui — disse ela, engolindo a voz. — Um homem. Ele estava atrás de mim. Eu o vi refletido no espelho.

— Impossível.

— Mas *tinha*!

— Tudo bem, você está bem. Está tudo bem. — Jules puxou-a para si de modo que o rosto dela ficasse enterrado em sua camisa, e sua mão percorreu levemente seu cabelo. — Você viu uma sombra. Ou talvez tenha sido seu próprio reflexo.

— Era um homem! — Ela tentou gritar isso, mas as palavras foram sufocadas pelo caloroso volume do peitoral dele. De algum lugar, a alguma distância deles, ela ouvia outras vozes e sabia que estavam vindo, todas, do andar de baixo. Em mais um momento estariam ali em volta dela, afagando-a e confortando-a, dizendo-lhe em termos racionais o que ela supostamente tinha imaginado.

Apertando as mãos contra o peito de Jules, ela o afastou para ver seu rosto.

— Por favor — disse, nervosa —, você precisa acreditar em mim. Você precisa acreditar em mim.

— Kathryn! — Era Madame Duret. — O que aconteceu?

— O que foi, Kit?

— Kit, está tudo bem?

— Foi *você* que gritou?

Ela sabia que seria assim. O professor Farley, Ruth, Sandy, todos estavam preocupados. Ela sentiu a mão de Sandy tocar seu braço, como um sinal reconfortante e silencioso de que a amizade delas permanecia intacta. Mesmo que ninguém acreditasse nela, Sandy acreditaria.

— Ela está assustada — explicou Jules. — Ela acha que viu alguém no espelho.

— Alguém?

— Um homem. Eu vi um homem. — Kit fez força para controlar o tom de voz. — Eu não simplesmente acho que o vi, eu *de fato* o vi. Ele era tão real quanto eu.

— Qual era a aparência dele? — perguntou o professor Farley. Seus olhos velhos e penetrantes miravam-na com atenção.

— Não sei... Não sei, mesmo — disse Kit, hesitante. — O corredor é tão escuro, eu não consegui ver direito. E o meu reflexo tapou parte dele. Mas ele estava aqui. Disso eu não tenho a menor dúvida.

— Então, para onde ele foi? — inquiriu Madame Duret, friamente. Ela fez um gesto para o trecho de corredor vazio que levava até a porta de Kit. — Se alguém esteve aqui, *chérie*, ainda estaria. Se tivesse corrido na sua frente, teria que passar por nós na escada.

— Será que ele voltou? — sugeriu Sandy, timidamente. Ela segurou a mão Kit. — O quarto da Kit e o meu ficam no fim do corredor. Ele pode ter entrado em algum deles.

— Vocês deixam os quartos trancados, não deixam? — perguntou Ruth. Ela parecia mais interessada que preocupada. Seus olhos brilhavam com uma empolgação contida.

— Sim, mas mesmo assim...

Kit conseguia ver no rosto de Ruth que ela também se lembrou daquela vez em que o retrato sumira, quando uma porta trancada não tinha de maneira nenhuma impedido um invasor. *Ela sabe de alguma coisa*, pensou Kit. *De algum jeito, Ruth está um passo à frente de todas nós.*

— Bem, só há um jeito de ter certeza — disse o professor Farley. — Meninas, me deem as chaves, e Jules e eu vamos verificar os quartos. Se existe alguma chance de ter entrado alguém que não deveria estar aqui, vamos descobrir.

Sandy e Kit entregaram as chaves. Aguardaram em silêncio enquanto os dois homens percorriam o corredor e entravam primeiro num quarto, depois no outro. Não demorou.

— Vazios — disse o professor Farley. — Não tem ninguém nos armários nem debaixo das camas. Temo que você tenha imaginado coisas, minha jovem. Consigo entender, pelo jeito como as sombras mudam de lugar. Dá uma sensação estranha andar na direção do espelho.

— Mas eu não estava imaginando — exclamou Kit. — E depois, com certa dúvida: — Ele parecia tão real...

— Igual à Ellis? — sugeriu Sandy, baixinho.

— Não — disse Kit. — Não daquele jeito. Eu estava totalmente acordada, não dormindo.

— Tem certeza?

— Claro que tenho certeza. Eu estava bem aqui.

— Acho que deveríamos voltar para a sala de jantar — disse Madame Duret, com firmeza. O tom em sua voz era agradável, mas assertivo, dizendo a todos que o assunto estava definitivamente encerrado e que não havia mais nada a conversar. — O professor tem razão. A luz nesse corredor pode ser desconcertante, às vezes. Chamarei o eletricista mais uma vez amanhã pela manhã e, se não conseguir alguém na cidade, pedirei que venham de Middleton. Agora, vamos voltar para o jantar, antes que a comida toda esfrie. Você está um pouco melhor, Kathryn?

— Estou, sim, Madame — disse Kit, trêmula. E ainda que a última coisa que ela quisesse fosse comer, ela se deixou levar pelas escadas até o salão de jantar.

As tigelas de sopa já não estavam na mesa. Todos tomaram seus lugares, e ao tinir do sino de prata de Madame, a porta da cozinha se abriu, e Lucrécia apareceu, com suas sobrancelhas acinzentadas reunidas numa carranca.

— Por favor, traga o prato principal, Lucrécia — solicitou Madame.

Sem dizer uma palavra, a mulher mais idosa entrou. Kit olhou perplexa em sua direção.

— Por que Lucrécia está servindo o jantar? — perguntou. — Natalie está doente?

— Natalie não trabalha mais aqui — informou Madame. Sua voz não tinha um pingo de emoção, mas Kit, lembrando-se da cena na cozinha, em que aquele par de olhos negros fulminaram-na como relâmpagos, ficou de repente repleta de suspeitas.

— Por quê? — perguntou. — A senhora a demitiu?

— Demiti-la? Ora, claro que não. — Madame tomou o guardanapo e estendeu-o sobre o colo. — É difícil conseguir boas cozinheiras como Natalie. Não, a menina pediu para sair. Vai se casar no sábado da semana que vem.

— Casar! — exclamou Kit. Era a última coisa que ela esperava ouvir.

— Que lindo — comentou Ruth. — Ela deve estar empolgada! Quem é o noivo? Alguém da cidade?

— Imagino que sim. Quem mais seria? — disse Madame, de maneira lógica. — Mas, com tantos funcionários indo embora, temo que todos vamos precisar trabalhar um pouco mais. Por mais bonita que seja, uma casa como Blackwood não se mantém facilmente. A partir de amanhã, vou fazer uma lista de tarefas para cada um.

A porta se abriu de novo, e Lucrécia entrou, trazendo uma bandeja de frango malpassado. O assunto da conversa se encerrou.

O telefone tocou às oito e meia daquela noite. As meninas estavam na sala de estar vendo, sem muita atenção, um programa sobre a natureza na TV educativa quando Jules apareceu de repente na porta.

— Telefonema para você, Kit — disse. — Internacional. É sua mãe.

— Minha mãe? — Por um instante, Kit achou que seu coração pularia do peito. Num segundo ela estava de pé, correndo na direção dele. — Onde posso atender?

— O telefone fica no escritório — disse Jules. — Melhor correr. Os telefonemas do exterior custam uma fortuna.

No escritório, Kit viu Madame Duret sentada à escrivaninha. O telefone estava à direita dela, fora do gancho. Madame levantou-o e ofereceu-o a Kit.

— Que sorte a sua: um telefonema da Itália! Mande lembranças à sua mãe.

Kit pegou o telefone. Percebeu que sua mão estava tremendo, mas o levou ao ouvido.

— Alô, mãe?

— Ah, meu amor! — A voz fraca da mãe parecia a milhões de quilômetros de distância, mas o calor, as inflexões e o amor eram tão familiares que pela segunda vez naquela noite Kit percebeu seus olhos marejados. — Que maravilha ouvir você!

— Que maravilha ouvir você também — disse Kit. — Tudo bem? E o Dan? De onde você está ligando? Está se divertindo?

— Estou me divertindo tanto que você nem consegue imaginar. Agora estamos em Florença, amanhã vamos a Roma. Imagine só, vamos à basílica de São Pedro, ao fórum romano e às catacumbas, todos os lugares sobre os quais a gente sempre lê!

A voz dela parece tão jovem, pensou Kit, surpresa. A mãe, com alguns tons de prata já aparecendo em seu cabelo, aquelas linhas de expressão no canto dos olhos e as costas que doíam após um dia inteiro trabalho ao computador, agora parecia uma garotinha, fervendo com entusiasmo e vitalidade.

— E você, meu amor? Como está? Gostando de Blackwood?

— Mãe! — Kit ficou chocada com a pergunta. — Você não está lendo as cartas?

— Recebemos uma em Cherbourg — disse a mãe —, mas foi quase imediatamente após chegarmos. Foi a única que recebemos, e o seu celular parece que não está funcionando. Por isso liguei para o fixo. Dan disse que tinha certeza de que você estava ocupada demais para escrever e que tinha se esquecido de carregar o celular, mas a minha preocupação era que você estivesse doente. Você não está, está?

— Não — disse Kit. — Aqui o celular não tem sinal, mas eu escrevi toda semana. Contei tudo, absolutamente tudo.

Em sua cadeira, à frente da escrivaninha, Madame redistribuiu seu peso, parecendo desconfortável, e Kit afastou-se alguns passos, estirando ao máximo o fio do telefone.

— É o correio intercontinental, então — disse a mãe de Kit. — É difícil ter certeza da entrega quando você manda as coisas pela American Express. Deve chegar tudo atrasado em cada lugar que a gente vai. Mas me diga, como estão as coisas? Está estudando muito? E as amigas, são legais?

— Hum, eu... — Kit não conseguia responder. — Mãe, quanto tempo mais você acha que vai ficar aí? Quando você volta?

— Na semana antes do Natal — disse a mãe. — Não se lembra do plano? Vamos coincidir com as suas férias.

— Mas isso é daqui a meses! — As palavras saíram dela como um grito estrangulado. — Não consigo ficar aqui esse tempo todo, mãe, simplesmente não dá! Você não está entendendo!

Madame Duret remexeu-se na cadeira. Kit sentiu os intensos olhos negros a perfurarem e pressionou o telefone com ainda mais força contra o ouvido.

— Ah, querida! — Havia uma leve exasperação na voz da mãe. — Você ainda está chateada porque viemos para a Europa sem você? Achei que já tinha superado. Você me falou...

— Não é isso, de verdade! Eu juro, não tem nada a ver com isso. Quero contar... Por favor, você precisa ouvir...

Havia tanto a contar, todas as coisas que ela tinha despejado nas cartas e presumido que a mãe sabia, mas que, como agora notava, a mãe ignorava completamente. Por onde começar? O começo parecia ter sido tanto tempo atrás, e havia tantas coisas: Lynda e seus quadros, Sandy, os sonhos, a música, o homem no corredor, que ela tinha certeza, certeza mesmo, de não ter imaginado, e no entanto que outra explicação poderia haver para seu desaparecimento? E a mãe estava tão longe, era só uma voz fina do outro lado de um cabo transatlântico, com os caros minutos se acumulando.

Acima de tudo, havia Madame Duret, sentada ali ao lado, ouvindo cada palavra que ela dizia. Aqueles olhos, aqueles olhos impossíveis, fixavam-se em seu rosto, e ela não conseguia afastar-se deles, não conseguia focar seu próprio olhar em qualquer ponto fora de suas profundezas. Eles a mantinham imóvel, empalada, como um inseto preso por dois alfinetes.

— Mãe... — disse ela, sem conseguir continuar.

— Acho que essa conversa vai ficar muito cara, Kathryn — falou Madame, baixo, mas com voz em tom de comando. — Você não acha que deveria mandar um beijo e despedir-se?

— Mãe! — Kit fez um último e desesperado esforço. — Quero ir para a casa da Tracy. Posso, por favor? Já escrevi para ela, e não tem problema. Eu sei que não tem. Posso pegar o ônibus na cidade. O sr. Rosenblum pode me encontrar lá, e eu ficaria com eles até o Natal, até você e Dan voltarem para casa.

— Ah, Kit, por favor! — A cadência juvenil tinha sumido da voz da mãe. Havia, agora, um misto de decepção, preocupação e desgaste. — Você vai encontrar a Tracy no Natal. Não importa o que você diga, a verdade é que não falta muito. Aproveite as suas outras amigas, as que você conheceu em Blackwood. Na sua única carta você fala de uma menina chamada Sandy. Parece que você gosta dela. Não gosta mais?

— Gosto. Gosto da Sandy, claro. — *O que faço agora?*, perguntou Kit a si mesma, meio desesperada. *Tem alguma coisa que eu possa fazer, afinal?* Ela olhou o rosto de Madame Duret, e nenhuma palavra lhe surgiu.

— Escreva, querida — disse a mãe —, e mande as cartas para pontos mais distantes. Você tem o itinerário. Dê mais dias para elas chegarem a nós. Dan manda um beijo. Ele é um bom homem, Kit. Uma pessoa boa, doce. Percebo isso mais e mais a cada dia. Tenho muita sorte.

— Sim — disse Kit, resignada. — Sim, eu sei.

— Eu te amo, querida.

— Eu também. — O tempo tinha acabado. Não tinha jeito, já era. — Mande "oi" ao Dan. Aproveite a lua de mel.

— Pode deixar. Fique bem também, querida. Até mais.

— Até. — Houve um pequeno clique, seguido de silêncio.

Kit baixou o telefone do ouvido e colocou-o cuidadosamente no gancho. Fechou os olhos para não ter que encarar o olhar de satisfação no rosto de Madame, mas ela não conseguia mantê-los fechados. Não era possível ficar de pé muito tempo com os olhos totalmente cerrados.

— Tudo bem, querida — disse Madame Duret. — Deixe algum dinheiro para sua mãe comprar presentes para você. Eles estão aproveitando a viagem?

— Sim — disse Kit, monotonamente. — Estão adorando.

— Eles pareciam tão gentis, os dois. Não vá arruinar a viagem deixando-os preocupados com você. Todas as meninas ficam com saudades de casa. Você precisa enfrentar isso.

— Acho que sim — disse Kit.

Triste, virou-se e atravessou o escritório para chegar à porta, mas parou no instante em que seus olhos se voltaram para uma pintura na outra parede, em cima de um arquivo. Um lago numa montanha refletia luz do céu, com bosques verdes e colinas distantes. A familiaridade do cenário a impressionou como um grito bem conhecido.

— O que é isso? — perguntou ela.

— O arquivo? É onde eu guardo as fichas das antigas alunas.

— Não, não o arquivo — disse Kit. — Estava falando da pintura. Quem fez?

— Gostou? É uma das minhas favoritas. — Parecia que não tinha havido qualquer disputa entre as duas. — É uma paisagem de Thomas Cole. Reprodução, claro.

— Já vi esse lago — disse Kit.

— Talvez tenha visto. O quadro foi pintado nas montanhas Catskill.

— Não, estou dizendo que já vi o lago pintado, de outro ângulo. — Kit continuava a encarar a paisagem. — Tem uma trilha aqui ao longo da margem, mas não dá para ver dessa direção. — Então, ela percebeu. — É o mesmo lago que aparece em alguns quadros da Lynda.

— Ora, acho que não, *chérie* — disse Madame Duret. — Lynda é da Califórnia. Acho difícil ela pintar cenários do estado de Nova York.

— Mas ela pinta — insistiu Kit. — De qualquer jeito, quem é Thomas Cole? Ele mora aqui?

— Morou, por um tempo — disse Madame Duret. — Mas, é claro, há muitos e muitos anos. Ele morreu na metade do século XIX.

Capítulo 13

— É verdade — disse Ruth. — Thomas Cole foi mesmo um artista famoso. Fico surpresa por você não ter ouvido falar dele. Foi o fundador da escola do rio Hudson de pintores de paisagem.

No fim da tarde do dia seguinte, elas tinham saído da casa para andar até a extremidade do lago. O tempo estava cinza e invernal, bem diferente do brilho de antes, do outono, e Kit sentia isso como um reflexo de seu próprio ânimo. Ela afundou as mãos nos bolsos da calça e olhou os bancos marrons, que eram tudo o que tinha sobrado do jardim de verão.

— E ele está morto? — perguntou ela.

— Ah, com certeza. Morreu há muito tempo. Aliás, morreu relativamente jovem, com quarenta e poucos. Foi um dos pintores americanos que estudamos nas aulas extracurriculares da última escola que frequentei.

— Foi lá que você descobriu esse pintor? — Kit deu um suspiro de alívio. — Lynda também?

— Não, Lynda, não — disse Ruth. — Ela não era dessa turma. Por que você de repente quer saber tanto sobre Thomas Cole?

A cabeça de Kit estava até doendo. Recentemente, ela tinha a impressão de que sua cabeça estava sempre latejando, mesmo quando só sentia uma pressão tênue. Às vezes era por causa da música dentro dela, apitando, explodindo e preenchendo seus ouvidos com sons que ninguém mais conseguia ouvir. Outras vezes, como agora, a pressão era uma dor que parecia nascer da confusão e do cansaço.

— Estou tão confusa — disse ela. — Mal sei por onde começar. Nada faz sentido.

— O que aconteceu? — perguntou Ruth. — Deve ser alguma coisa importante, se você quis andar isso tudo para falar a respeito.

— Foi na noite passada — disse Kit. — Quando eu estava no escritório de Madame Duret, falando ao telefone com a minha mãe. Pendurada na parede, em cima de um arquivo, tinha a reprodução da pintura de um lago. Madame disse que era de Thomas Cole.

— E daí?

— E daí que é o mesmo lago que Lynda fica pintando; mais ainda, tem o mesmo estilo das paisagens dela. A luz, as cores, o céu, tudo. A própria Lynda poderia ter pintado aquilo.

— Foi por isso que você perguntou se ela tinha estudado Thomas Cole?

— Se ela tivesse estudado, isso em parte explicaria as coisas. Ela talvez estivesse imitando o trabalho dele, você não acha? De forma inconsciente, sem nem perceber. Mas, se ela não fez a matéria com você, então essa possibilidade está descartada. Deve ter outra explicação.

— T. C. — disse Ruth, baixinho.

— O quê?

— As iniciais, T. C. É assim que Lynda assina os quadros dela.

— T. C., de Thomas Cole? — Kit voltou-se para ela, incrédula. — Então ela sabe quem ele é! *Impossível* não saber!

Deve ter visto o trabalho dele em algum lugar, talvez num documentário. E é provável que admire o trabalho dele. Ela está se esforçando tanto para imitá-lo que até assina com as mesmas iniciais para, bem, meio que dar sorte para si mesma.

— Não — disse Ruth. — Eu discordo. Desculpe. Queria que fosse verdade, mas tenho certeza de que não é.

Uma brisa tocou a superfície do lago, formando pequenas ondinhas, e as árvores refletidas rebrilhavam e mudavam de lugar, como seres vivos em movimento. No espelho d'água, o telhado de Blackwood erguia-se, cortando o céu plúmbeo e carregado. As janelas fitavam-nas como olhos vazios.

A porta da cozinha abriu-se de repente, e Lucrécia saiu para tirar o lixo. Seu aspecto sombrio parecia parte do próprio dia.

— *Essa* nunca vai pedir demissão, pelo menos — comentou Ruth. — Uma vez perguntei algumas coisas sobre ela para Madame. Lucrécia trabalhava para a família Duret quando Madame ainda era criança. Ela pode não ser muito inteligente, mas é meio que propriedade da família.

— Natalie não pediu demissão — disse Kit. — Ela foi demitida.

— Madame disse que ela pediu demissão.

— Eu sei, mas não acredito. Natalie precisava do emprego e, se tinha namorado, nunca comentou sobre ele. Tenho certeza de que ela teria falado se levasse a sério a ideia de se casar.

— Mas por que Madame teria mandado ela embora? Lucrécia não sabe cozinhar. Aquele frango ontem à noite estava tão gorduroso que eu mal consegui engolir. As refeições da Natalie eram a melhor parte do dia.

— Natalie falou comigo — disse Kit. — Lembra quando eu ia perguntar sobre o histórico de Blackwood? Enquanto ela me contava, Madame Duret apareceu e ficou furiosa. Tenho certeza de que foi por isso que ela demitiu Natalie.

— Então ela *contou* a história? — Ruth estava mais interessada nesse fato que no destino de Natalie. — O que ela disse?

— Algumas coisas terríveis. A família inteira do sr. Brewer morreu num incêndio, e depois ele ficou louco. Ele não aceitou que eles tinham morrido. Passou o resto da vida como se todos estivessem vivos, falando deles, comprando brinquedos para as crianças e tudo mais.

— O sr. Brewer morreu na casa também?

— Sim — disse Kit. — Muito tempo depois. Por quê? Ruth... — Ela parou diante da expressão no rosto da menina. Alguma coisa reluzia ali, uma centelha de revelação. — Ruth, o que foi? Você sabe de alguma coisa que eu não sei?

— Eu não *sei* de nada — disse Ruth. — Qualquer coisa que eu diga agora vai ser só um chute.

— Mas você tem alguma ideia?

— É bem ousada — disse Ruth. — Tanto que eu não acho que você vai acreditar. Não sei nem se eu mesma acredito.

— O que é?

— Não quero falar a respeito agora — disse Ruth. — Quero pensar um pouco antes. Você não disse que a mulher no sonho da Sandy se chama Ellis e que é da Inglaterra?

— Foi a conclusão da Sandy. Ou da Inglaterra ou da Escócia, algum lugar com pântanos.

— Ela chegou a mencionar o sobrenome da mulher?

— Não.

— Vou verificar uma coisa na biblioteca — disse Ruth. — Se o meu chute estiver certo, eu conto tudo. Mas é melhor você se preparar. Se eu *desvendei* o mistério, você vai ter o maior choque da vida.

Naquela noite, como sempre, houve a música. Suave, dessa vez, como uma canção de ninar. Luar sobre o travesseiro. Galhos farfalhando do outro lado da janela, na branda brisa noturna. Pirilampos no gramado. Risos baixinhos de casais sentados nos degraus da varanda.

Estou dormindo, disse Kit a si mesma. *Sei que estou dormindo, deitada na cama com o dossel, e que o quarto está escuro e imóvel, que essa música não é real. É um sonho, só um sonho. Quando eu acordar, o dia estará claro, com o café esperando no salão de jantar lá embaixo e, depois, com as minhas aulas... E a música vai sumir, como se nunca tivesse existido.*

Uma voz falou baixinho, respirando através da música. Uma voz de homem, áspera, mas singularmente delicada.

— Vai sumir, por um instante. Mas não de verdade. Nunca vai sumir de verdade.

Como sabia que era sonho, Kit não se assustou.

— Quem é você? — perguntou. E, então, quando o reconheceu, seu coração teve um baque. — Era você que estava atrás de mim no corredor: o homem que eu vi no espelho.

— Claro — disse o homem do sonho. Ele parecia surpreso por *ela* estar surpresa.

— Por que você estava me seguindo? — perguntou Kit. — Por que está aqui agora? O que você quer?

— Estou aqui para oferecer.

— Isso não é resposta.

— É a única resposta — disse o homem, pacientemente. — Você é uma das que tiveram a sorte de ser abençoadas com a capacidade de receber.

— De receber o quê? — perguntou Kit. Então, a resposta surgiu, e ela começou a entender. — A música? É você que está me mandando essa música, assim como Ellis está mandando poesia para a Sandy? Se for você, pare, por favor. Eu não quero.

Os sons cresciam dentro dela, cada vez mais altos, mudando de tempo e de ritmo, começando a saltar e a acumular-se como tantas vezes nos últimos tempos, numa pressão que inchava seu cérebro. *Isso é um sonho*, ela repetia a si mesma, freneticamente. *Só um sonho*.

— Claro que é — disse o homem, pegando em sua mão. Os dedos dele se fecharam em torno do pulso dela, e Kit fez o possível para não gritar diante do gélido toque enquanto ele a tirava da cama. Ela sentiu o carpete debaixo de seus pés nus e o viu estender a mão para a maçaneta da porta.

— Aonde você está me levando?

— Você precisa colocá-la para fora — disse o homem.

— Colocar o que para fora? Do que você está falando?

Eles agora estavam no corredor, e ele a levava pela escuridão com a segurança de quem conhecia cada passo, enquanto a música ficava cada vez mais alta, batendo contra o lado de dentro do crânio.

— Você precisa colocá-la para fora, senão sua cabeça vai explodir! Você precisa deixá-la sair!

— Como? — soluçou Kit. — Como? — Ela não conseguia nem entender para onde eles estavam indo. Ela sabia que estavam na escada, sentia o assoalho frio contra as solas dos pés, e portas abrindo e fechando. Havia outras vozes, um coro mudo de vozes, mas a música as sobrepunha.

— Aqui está ela — disse o homem do sonho. — Eu a trouxe.

— É minha vez agora — disse alguém. — Eu ainda não a usei.

— Não, minha! Ela precisa tocar para mim!

— Eu a quero nessa noite! Ela foi sua da última vez. Ela tocou aquele concerto.

— Você está esquecendo que fui *eu* que a trouxe.

Kit sentiu um teclado debaixo dos dedos.

— Mas eu não sei tocar!

E, enquanto gritava essas palavras, ela já tocava. Era o mesmo sonho, com as mãos saltando pelas teclas de marfim e os grandes acordes tonitruantes se produzindo.

Estou sonhando, disse Kit a si mesma uma última vez. *Estou sonhando e preciso acordar! Vou acordar!*

— Não! — gritou o homem em seu sonho. — Você não pode! Não faça isso!

— Vou, sim! — Ela se virou contra ele com toda a força que possuía, com a teimosia e a obstinação típicas de Kathryn Gordy. — Vou, *sim*!

A música sumiu.

Ela estava sentada num banco, à frente do piano, e sentia frio, muito frio. Piscando, olhou em volta e percebeu que estava na sala de música de Blackwood e que não estava sozinha.

À frente, sentado ao lado do equipamento de som, estava Jules. A máquina piscava, e ela se deu conta, sem acreditar, que ele estava gravando.

— Jules? — Com um movimento sobressaltado, ele estendeu a mão e apertou um botão para interromper a máquina.

— Jules — disse ela, com a voz trêmula —, o que estou fazendo aqui?

— Você... Você andou enquanto dormia — disse Jules, hesitante.

— E você estava aqui para gravar o que eu tocava? Você *estava* gravando o que eu tocava, não estava? Sou eu tocando aí? — Sem dizer nada, Jules fez que sim com a cabeça. Seu rosto estava pálido, e sua aparência era de quem não sabia o que argumentar. — Você já fez isso antes, não fez? — perguntou Kit. — Outras noites... Eu desci aqui e toquei para você. Era a música que eu peguei você escutando. Uma gravação minha.

— Era — disse Jules. — Veja, Kit, eu sei que isso deve parecer muito estranho, mas acredite: não existe razão para você ficar chateada. Não aconteceu nada de ruim. Você sempre voltou em segurança para o quarto. O único resultado é que nós temos as fitas.

— Nós? "Nós" quem?

— Nós... Todos nós. A escola.

— A sua mãe? O professor Farley?

— Não faça essa cara, Kit. Ninguém fez nada contra você. Só coisas boas aconteceram aqui. Nós estamos dando suas belas músicas para o mundo.

— Não é minha a música — disse Kit. — Não sou compositora. De onde ela vem? De quem é? — Ela viu o rosto dele se contrair e deu para ver que ele estava lutando para chegar a uma resposta. — Não invente nada. Eu quero saber a verdade. Você me deve isso, Jules. Diga-me: de quem era a música que eu toquei?

— Não sei — gaguejou Jules. — Dessa vez eu... Eu simplesmente não sei dizer.

— E das outras vezes?

— Acho, tenho quase certeza, de que ao menos por algum tempo, era Franz Schubert.

— Schubert! — exclamou Kit. — Mas ele morreu há mais de cem anos!

— Ele morreu em 1828 — disse Jules. — Tinha trinta e um anos. E deixou tanta coisa por fazer, Kit, tantas obras musicais maravilhosas sem ser escritas. A morte dele foi um trágico desperdício de talento.

— Eu toco a música dele? Eu? Eu não consigo nem tocar "Parabéns pra Você" sem errar. — A voz de Kit tremia. — E também tem a Sandy com a poesia, a Lynda... — As peças do quebra-cabeça começaram a se encaixar, e a imagem que se formava em sua mente era fantástica demais para ela acreditar. — Chame todo mundo, Jules — disse ela, baixinho. — Todo mundo. Sandy, Lynda e Ruth, o professor, sua mãe. Quero todo mundo aqui agora. Quero saber exatamente o que está acontecendo em Blackwood, a história toda!

— Kit, espera, calma — disse Jules, desesperado. — Você está chateada, e eu não a culpo. Mas essa não é a hora para falar de nada. São duas da manhã. Está todo mundo dormindo. Você não quer trazer todo mundo aqui para baixo agora.

Endireitando-se no banco, Kit o encarou. A raiva tomava o lugar do medo.

— Se você não chamar todo mundo, Jules, eu chamo. Vou gritar e acordar a casa inteira. Quero saber a resposta do mistério de Blackwood e não pretendo esperar até de manhã.

Capítulo 14

— São duas da manhã, não exatamente o melhor horário para uma reunião. — A voz de Madame Duret soava fria e ríspida. — Devo dizer, Jules, que você perdeu o juízo.

— Não consegui evitar — disse Jules. — Kit acordou enquanto estava ao piano. Claro que ela começou a fazer perguntas.

— Mas fazer todo mundo descer?!? — Madame vestia um robe escarlate. Seu longo cabelo negro, liberto do coque habitual, pendia por suas costas numa imensa cascata, e seu rosto, livre de maquiagem, tinha uma aparência quase esquelética à luz da luminária.

— Eu o obriguei — disse Kit. — Não sei o que está acontecendo aqui, mas tem a ver com todos nós. Pouco me importa que hora da noite seja.

Kit falava com uma firmeza que surpreendia, e ela pôde notar um rancoroso respeito nos olhos de Madame.

— E vocês? — O gesto de Madame incluiu as três outras meninas, que, de roupão e chinelo, estavam reunidas na sala de estar. O professor Farley, usando um sobretudo por cima do pijama, estava sentado numa poltrona perto da janela. — Vocês querem isso? Esse confronto?

Ruth acenou rapidamente com a cabeça. Seu rosto estava rubro de empolgação. Sandy hesitou, seus olhos estavam arregalados e assustados. Então, acenou também que sim.

Lynda voltou-se para Ruth com uma expressão vazia.

— Do que ela está falando? — perguntou. — Por que estamos todas aqui?

Ruth voltou-se de novo para Madame Duret.

— Lynda também precisa ouvir. Ela pode não entender, mas a senhora precisa falar. É o certo.

— Muito bem — disse Madame. — Eu tinha planejado, claro, revelar tudo na hora certa, assim como eu fiz com as meninas nas turmas anteriores. Eu tinha esperanças de esperar um pouco mais, na verdade. Ainda estamos tão no começo. Ainda há tanto a ser percorrido antes de os seus relacionamentos estarem seguros.

— Que relacionamentos? — perguntou Kit.

Madame não respondeu de imediato. Em vez disso, virou para olhar além delas, pela janela, para o breu além da vidraça.

Quando finalmente começou a falar, fez isso de modo devagar, como se procurasse as palavras perfeitas.

— As pessoas desse mundo, em sua maioria, são como crianças. Suas vidas seguem apenas no nível um, ou seja, no nível físico, do aqui e do agora. Dia após dia elas continuam seu caminho, enxergando só as coisas materiais ao seu redor, acreditando que não há nada além disso. Mas não é bem assim. Existe um segundo nível, um nível espiritual que é tão real quanto o físico. Ele transcende o primeiro. Algumas pessoas são abençoadas com uma sensibilidade extraordinária para esse mundo espiritual e conseguem transpor com a mente o espaço entre essas duas realidades. — Uma nota de orgulho adentrou sua voz. — Eu sou uma dessas pessoas.

Kit a encarou.

— A senhora está dizendo que é um tipo de *médium*?

— Em geral, essa palavra é usada de maneira equivocada — disse Madame, com firmeza. — Vai muito além de mera charlatanice e de truques de salão. Não me presto a essas demonstrações. Acredito que meu dom é precioso demais para sofrer esse tipo de abuso. Ele serve ao bem da humanidade.

— E de que maneira? — perguntou Kit.

Madame continuou como se não tivesse ouvido a pergunta.

— Hoje a expectativa de vida está em mais de setenta anos, tempo suficiente para um grande número de realizações. Mas esse desenvolvimento aconteceu no século atual. Antes, as pessoas tendiam a morrer muito mais cedo, e entre essas mortes prematuras estavam as de muitas pessoas brilhantes e talentosas. São esses os indivíduos que eu busco. É a eles que ofereço a chance de voltar.

— De voltar! — Foi Sandy quem falou, com a voz até sem expressão de tão chocada. — Mas as pessoas não podem voltar depois de morrer!

— Não em sua forma física — disse Madame. — Mas na forma espiritual, podem, se houver lugar para elas. Com isso, quero dizer que deve haver uma mente jovem e limpa para recebê-las, ainda desocupada pelos problemas mundanos, impressionável e afinada de maneira sensitiva. Essas mentes são incomuns, mas existem. É possível encontrá-las.

— E a senhora as encontrou em nós — afirmou Ruth, de maneira direta e sem demonstrar emoções. Ela não parecia surpresa. — Por meio daqueles testes de admissão, a senhora percebeu isso.

Madame acenou com a cabeça.

— Levei anos desenvolvendo meus testes, e eles são confiáveis. Aqui em Blackwood tive a sorte de encontrar a atmosfera perfeita. Outros espíritos já ocuparam a casa. O sr. Brewer, do seu jeito, era uma espécie de médium. Ele convocava os espíritos de sua família e se cercava deles. Suas vibrações permanecem aqui, como parte da casa. A viagem do além a Blackwood é curta, feita por um caminho bastante conhecido.

As peças do quebra-cabeça se encaixavam, e Kit não conseguia acreditar.

Vou vomitar, pensou, *bem aqui no chão da sala de jantar.*

Mas não aconteceu. Em vez disso, ela simplesmente ficou ali, fitando cada vez mais horrorizada aquela mulher alta de robe vermelho. Essas coisas que Madame dizia poderiam mesmo ser verdade?

— Eu falei que você não ia aceitar — disse Ruth.

Kit voltou-se perplexa para ela.

— Você já sabia?

— Eu imaginava — disse Ruth. — Lembra quando estávamos conversando perto do lago e eu falei que queria conferir uma coisa?

— Lembro.

— Pois bem, verifiquei — disse Ruth. — Hoje, depois do jantar, fui à biblioteca e pesquisei algumas pessoas. Uma delas foi uma mulher chamada Emily Brontë, que escreveu sob o nome de Ellis Bell.

— Quem? — perguntou Sandy.

— Emily Brontë... Ela escreveu *O morro dos ventos uivantes*. Viveu na Inglaterra no século XIX, época em que autoras mulheres não eram levadas a sério; então, ela e suas duas irmãs decidiram escrever usando pseudônimos masculinos.

— Ellis, minha Ellis, é *Emily Brontë*? — Sandy sacudiu a cabeça. — Impossível. Emily Brontë está morta há muitos anos.

— Ela morreu em 1848 — disse Ruth. — De tuberculose.

— Não acredito! — A voz de Sandy elevou-se, histericamente. — Ellis está tão viva quanto eu. Ela é poeta...

— Ela dita os poemas — corrigiu Ruth —, e você os escreve para ela. Você mesma admitiu que esses poemas não saem da sua cabeça. Ela está usando você, Sandy, para colocar no papel as palavras que ela não teve tempo de escrever enquanto estava viva. — E, virando-se para Madame: — Não é isso?

Madame concordou com a cabeça.

— Controle-se, Sandra. Não há motivo para ficar tão preocupada.

— Como assim, não há motivo para eu ficar preocupada?! — gritou Sandy. — Tem gente morta andando pela minha cabeça!

— Você não se feriu, minha criança. — Da poltrona no canto, o professor Farley falou pela primeira vez. — Você simplesmente fez parte de um experimento. Deveria se sentir privilegiada, não explorada.

— É isso que eu estava tentando explicar para Kit — disse Jules.

— Privilegiada?! — explodiu Kit. — Tendo minha mente usada como receptora? — Ela virou-se acusatoriamente para o professor Farley. — E o senhor... O senhor também está envolvido nisso?

— É claro — disse o professor. Seu rosto idoso e gentil não tinha sinal de culpa. — Conheci Madame Duret em Londres enquanto fazia pesquisas sobre fenômenos paranormais. Quando soube de sua escola em Paris, fiquei fascinado. Incentivei-a a abrir uma instituição similar na Inglaterra e, depois, acompanhei-a aos Estados Unidos para ajudar na criação de Blackwood.

— Acho que essa é a coisa mais terrível de que eu já ouvi falar — disse Kit.

— O que há de tão terrível? — perguntou Jules. — Você deveria estar orgulhosa.

— Orgulhosa? De quê? De estar sendo usada, como se fosse uma ferramenta ou algo do tipo? — exclamou Kit, incrédula. As vozes dos sonhos voltaram à sua mente, e ela encolheu os ombros, sem controle do movimento. — "Ela tem de tocar para mim!", "Quero ela nesta noite!", "Eu ainda não a usei!". Você pode falar assim de um objeto, não de uma pessoa!

Lynda ficava olhando boquiaberta de um participante para outro da conversa.

— O que significa tudo isso? — perguntou, estonteada. — *Quem* é um objeto?

— Você! — gritou Kit. — Nós todas! Você não entende nada, Lynda? Não é você que está criando esses belos quadros que tanto nos impressionam! É um famoso pintor de paisagens que morreu há mais de um século. Não admira eles serem tão bons!

— Não é verdade — disse Lynda. — Hoje passei o dia inteiro pintando. Olha só, posso provar. — Ela estendeu a mão fina e delicada manchada de tinta verdade. — Isso foi porque eu pintei o gramado. Tem muita grama no quadro novo.

— E quem quer esse gramado nele? Quem planejou o quadro? Quem guia o pincel?

— Não sei do que você está falando.

— Naquela noite, no seu quarto — disse Kit exasperada —, quando eu levei sua bandeja, você disse: "Tem tanta coisa para fazer. *Ele* quer tanta coisa". De quem você estava falando, Lynda? Quem é *ele*?

— Eu nunca falei nada disso — disse Lynda, com a voz embargada. — Eu acho que vocês todas são malvadas. Primeiro Ruth diz que estou usando decalque, agora você vem falar que tem outra pessoa fazendo o meu trabalho. Vocês estão com inveja! Essa é a primeira coisa em que eu realmente fui boa na vida e vocês não aguentam me ver levando o crédito por ela.

— Deixa, Kit — disse Ruth. — Ela não aguenta. Você pode culpá-la? A ideia é inacreditável. Todas vamos precisar nos acostumar.

— Bem, você pode se acostumar, se quiser. Pessoalmente, eu não quero. — Kit se virou para Madame Duret. — Vou para casa!

— Você não pode fazer isso. Os seus pais estão viajando.

— Eu vou ficar na casa da minha amiga! Vou ligar nessa noite mesmo para Tracy. Os pais dela vão chegar aqui de manhã.

— E eles podem me deixar no ponto de ônibus na cidade. — Sandy ficou ao lado de Kit. — Eu não vou ficar nesse lugar nem mais um minuto. E espere só até meu avô ouvir falar disso. Ele vai ficar furioso!

— Meninas, vocês estão sendo ridículas. — Havia um tom de frieza na voz de Madame. — Vocês não podem recuar a essa altura. As conexões ainda estão em processo de estabilização.

— Ótimo — disse Kit. — Vou quebrá-las antes que fiquem estáveis. Eu vou embora daqui enquanto meu cérebro ainda me pertence. Se você acha que vou ficar e deixar espíritos errantes tomarem conta de mim, você está completamente louca!

— Já basta, Kathryn — disse Madame, sem grandes emoções. — Peço que você se lembre, por favor, de que é uma garota e de que vai agir de acordo com sua condição. Não gosto de ouvir gritos, especialmente no meio da noite. Foi você quem exigiu essa reunião, e agora que teve a explicação que queria, a discussão está encerrada, ao menos no que me diz respeito. Todas, por favor, para a cama. Vocês precisam descansar e estar bem para as aulas da manhã.

— Eu não vou mais ter aula — disse Kit, com raiva. — Amanhã estarei com os Rosenblum, a caminho da cidade!

Foi então que ela parou, se dando conta de que estava sem o celular e que havia apenas um telefone em Blackwood. E ele ficava justamente no escritório de Madame Duret.

Capítulo 15

Os dias seguintes passaram como um borrão. *Dias de pesadelo*, segundo Kit. O fim de outubro virou começo de novembro, e as últimas folhas separaram-se dos galhos das árvores ao lado do lago, deixando-as nuas e desoladas contra o pesado cinza do céu carregado.

Do lado de fora, o ar estava úmido e frio com a promessa do inverno, e entre as paredes de Blackwood prevalecia um tipo diferente de frio. Mesmo durante o dia, a casa parecia repleta de sombras, e à noite as meninas se reuniam na sala de estar para dividir a luminosa realidade da brilhante tela de tv, sentindo alívio por ver que os programas banais permaneciam os mesmos.

— É como se *esse* fosse o mundo real — disse Sandy, com a voz rarefeita, fazendo um gesto para a tela em que uma comediante cheia de caras e caretas, balançando exuberantemente os cabelos, imitava uma famosa estrela pop —, e como se nós fôssemos o faz de conta. Às vezes eu me pergunto se eu mesma sou real.

— Claro que você é real — disse-lhe Kit. — Nós todas somos. Mas por quanto tempo? Precisamos sair daqui o quanto antes.

— Como? — perguntou Sandy, sem esperanças. — Não podemos usar o telefone. Madame deixa o escritório fechado o tempo todo. O portão no fim da rampa fica trancado, e é impossível pular o muro. Eu sei porque fui verificar. Aquelas pontas são realmente afiadas, não são só de enfeite.

— Acho que você está exagerando — interferiu Ruth. Ela estendeu a mão e baixou o volume da TV para que elas pudessem falar com mais tranquilidade. — Vamos todas para casa no Natal. Não falta muito. Enquanto isso, quantas pessoas da nossa idade têm a chance de fazer parte de um experimento tão original?

— Ruth, sinceramente... — disse Sandy, perplexa. — Eu acho de verdade que você está gostando disso. Você nem parece incomodada.

— No começo, eu estava — disse Ruth —, antes de entender o que estava acontecendo, mas agora... Bem, acho que estou mais empolgada que qualquer coisa. Imagine ter a oportunidade de participar de uma coisa tão importante! É um salto para a ciência. E as intuições que eu tenho aqui são inacreditáveis. Eu domino conceitos matemáticos que eu nunca achei que fosse entender.

— Mas não é você que está entendendo — objetou Kit. — É outra pessoa, operando sua mente!

— Não por completo — disse Ruth. — Essa é a diferença entre as situações. Você acha que está sendo usada como veículo, que não entende nada da música que passa por você. Você simplesmente deixa ela passar, mecanicamente, como Sandy faz com a poesia. No meu caso, *sou* capaz, um pouquinho, de começar a entender o sentido do conhecimento que passa por mim. Eu gosto de matemática e de ciências, sempre gostei. Agora tenho a sensação de que passei a vida sentada dentro de uma caixa, e de repente alguém está levantando a tampa e eu posso erguer os olhos e ver as estrelas.

— Então, não tem nenhuma personalidade real dentro de você? — perguntou Kit. — Não do jeito que há com Sandy e comigo?

— Não que eu consiga perceber — disse-lhe Ruth. — Acho que talvez o que eu receba sejam diversos conhecimentos de muitas mentes diferentes. Pode haver cem matemáticos e cientistas diferentes lançando suas teorias e seus pensamentos acumulados na minha cabeça; se eu consigo receber tudo isso e lidar com todo esse material e um dia entendê-lo, então vai chegar a hora em que ele vai ser *meu* conhecimento também.

— Assim como a pintura de Lynda é dela? — perguntou Sandy, amarga. — Ela está vivendo num mundo que nem parece mais o nosso.

— Bem, o caso dela é diferente — admitiu Ruth. — Ela meio que pirou.

— Ela está possuída — disse Sandy.

— A gente precisa fugir — falou Kit, com voz firme. — Tem que haver um jeito...

Ela parou a frase ao ouvir vozes no corredor. O professor Farley apareceu na porta. Seu velho rosto enrugado estava afável como sempre, e seu cabelo branco e sua barba pontuda davam-lhe a aparência de um Papai Noel magro.

— Nove e meia — disse, de forma agradável. — Hora de vocês, meninas, subirem e terem seu sono da beleza.

Olhando zangada, Kit pôs-se de pé.

— Eu não preciso de sono de beleza. Eu só preciso sair daqui e ir para casa. Meu padrasto é advogado, sabia? Espere só até ele descobrir que sou mantida aqui contra a minha vontade. Ele vai te colocar na cadeia.

— Veja, Kit — disse o professor —, não precisamos de palavras desse tipo. Seus pais deixaram você sob nossa responsabilidade durante esse semestre, e seria muito negligente da nossa parte deixar você sair por aí. Nós somos responsáveis por você, jurídica e moralmente.

— Moralmente? — rosnou Kit. — Vocês nem sabem o que essa palavra significa. E todas as cartas que nós escrevemos para nossos amigos e para nossas famílias, aquelas que colocamos na mesa do corredor, na entrada, para você enviar? Você roubou as cartas! Você chama isso de "moral"? Isso não é só errado, é ilegal.

— Ninguém roubou nada — disse, calmamente, o professor Farley. — As cartas estão numa pilha bem-arrumada no escritório de Madame, e você pode tê-las de volta quando quiser. E algumas foram enviadas, as primeiras, que não tinham referências perturbadoras a "sonhos estranhos" nem "coisas esquisitas acontecendo". Tenho certeza de que os seus pais adoraram recebê-las.

— Tem uma coisa que venho me perguntando — disse Ruth. — O que aconteceu com as outras escolas, aquelas na Europa? Madame teve duas escolas lá. Por que fecharam?

— Por várias razões — respondeu o professor —, mas nenhuma tem a ver com Blackwood.

— E as meninas dessas escolas? — perguntou Sandy. — Que talentos tinham? Elas compunham música e escreviam poesia?

— De fato, compunham e escreviam — disse o professor Farley. — Muitas belas contribuições para a cultura mundial vieram de alunas anteriores de Madame. Eu diria até que algumas criações eram obras-primas.

— Onde estão elas? — perguntou Kit. — O que foi feito delas? Por que nunca ouvimos falar delas? — Ela fez uma pausa no instante em que uma ideia lhe ocorreu. — Vermeer, aquele que Madame disse que foi descoberto num leilão! Ela não comprou a pintura coisa nenhuma! O quadro foi pintado por uma aluna numa das outras escolas! Madame ganhou uma fortuna com ele! Ela vendeu como se fosse original!

— Era original — disse o professor Farley. — Foi obra de Vermeer, não importando qual mão segurou o pincel.

— Mas os especialistas não conseguiam dizer quantos anos tinha o quadro? — perguntou Ruth, atônita. — A tinta seria diferente, assim como a tela.

— Você esquece — disse o professor Farley — que Madame é especialista em arte. Ela dava às alunas telas usadas da época correta, raspadas até o gesso original. Ela também lhes dava tintas feitas de lápis-lazúli e de cochonilha. A aparência de envelhecimento não é difícil de obter. Nós assamos as pinturas a cem graus num forno por mais de duas horas e depois as enrolamos para produzir o craquelê. Impossível dizer que não é autêntica.

Eles pensaram em tudo.

Não vou dormir, dizia Kit a si mesma. *Posso ficar sentada aqui a noite inteira, mas não vou fechar os olhos.* Era um juramento inútil, e ela sabia. O sono esperava atrás da porta como uma névoa que a tudo encobria. No momento em que pisasse no quarto, uma pesada sonolência se abateria sobre ela, quase como se tivesse tomado um sonífero, e seus olhos se fechariam antes que ela chegasse à cama.

Nessa noite, ela foi até a janela. Apertando a testa contra o frio vidro, olhou para a noite. De início, só via o breu.

Então, à medida que seus olhos se ajustaram, viu as negras silhuetas das árvores surgirem contra o céu e percebeu que, em algum lugar, alta demais para ser vista da casa, a lua devia brilhar no céu. *Essa é a ala em que os Brewer dormiam. Talvez os filhos dos Brewer tenham nascido aqui. Era onde ficava o quarto do bebê, onde os pais tinham seu enorme quarto de casal.*

De súbito, brotou-lhe na mente a vívida imagem de uma mulher, talvez um pouco mais jovem que sua própria mãe, de pé perto daquela janela, exatamente como Kit estava agora.

A mulher era roliça e tinha uma expressão sonhadora, amava sua casa; ela adorava ficar ali e observar o jardim no verão e a extensão de grama macia e verde que levava ao lago cintilante.

O mundo parecia mudar, a noite sumia dos olhos de Kit, e ela via diante de si a mesma cena que a mulher: um jardim luxuriante com flores e um gramado ensolarado em que três menininhos brincavam. Um carrinho de bebê estava ali, parado sob a sombra de um carvalho, e uma babá uniformizada usando uma viseira se inclinava para falar com o pequenino.

Que adorável, pensava a sra. Brewer. *Como sou feliz! Que vida bela!* Kit sentia o calor da felicidade da mulher tomá-la como se fosse a própria felicidade. Ela era ela mesma outra vez, Kit Gordy; era novembro, e do lado de fora havia a espessa noite estendendo-se pelo gramado marrom.

Afastando-se, Kit sentou-se na beira da cama. As palavras de Madame voltaram-lhe: *as vibrações deles continuam aqui, fazem parte da casa*. De algum modo, em seu desesperado luto pela perda da família, o sr. Brewer tinha conseguido convocá-los para perto de si: a esposa delicada, de expressão meiga, e as crianças bagunceiras; tinha fechado suas portas para o mundo exterior e vivido ali com os espíritos da família exatamente como teria feito se eles não tivessem morrido.

Era demais para contemplar.

O sono a pressionou. Kit conseguia sentir o peso dele nas pálpebras. *Não vou ceder*, pensou ela, com veemência. *Não vou!*

Baixinho, nas beiradas da mente, ela ouvia a música, tênue e distante, mas pronta para se aproximar, para a cercar e a tomar, caso sua consciência se esvaísse só um pouco.

Vá embora!, gritou Kit, ainda que em silêncio. *Quem quer que você seja, vá embora! Você já teve seu tempo na Terra! Esse tempo é meu! Meu!*

A cama era macia, tentadora e a atraía. Sua cabeça tocou o travesseiro e afundou indefesa nas profundezas das plumas. Acima dela, o dossel parecia balançar, estonteado, hipnótico, e em seus ouvidos a música ficava mais alta. Dessa vez, não era só o som de um piano, mas cordas, as vozes doces e agudas dos violinos, a riqueza das violas, as melodiosas ondulações de uma harpa. Então veio uma flauta, estridente e precisa como o canto de um pássaro.

— Não — choramingou. — Não!

Mas sua resistência tinha ido embora, e a música a tinha cercado; ela era parte daquilo, levada pela imensa maré sonora.

— Você precisa escrevê-la — disse o homem do sonho. Com que facilidade ele se aproximava dela, como se agora o lugar dele fosse ali, à vontade nos limites da mente de Kit. — Você precisa colocar isso no papel. A música é grande demais para ser perdida.

— Não consigo — respondeu Kit. — Não sei escrever música.

— Eu ensino. Levante-se. Segure a minha mão, deixe-me levar você até a escrivaninha. Pegue um lápis.

— Não tenho partituras. Você deve saber.
— Tem, sim. Olha só!

E ela tinha. Ali estava um caderno pautado para música em azul-claro, esperando para ser usado. Alguém o tinha colocado no quarto enquanto ela estava na sala de estar. Madame? Jules? A mesma pessoa que visitara seu quarto trancado em outra ocasião para retirar o primeiro retrato de Lynda? Antes a pergunta teria parecido importante, mas agora não fazia diferença.

Tinha sido algum deles, não importava quem.

— Não quero — disse Kit. — Não quero escrever nada. Você não pode me forçar a fazer nada que eu não queira.

Mas, mesmo enquanto ela falava, sua mão buscava o lápis. Seus dedos se fechavam em volta dele e ela o levantava e trazia o papel para si.

— Kit! — Pelo estrondo da música, irrompeu uma voz familiar, chamando seu nome.

— O quê? Quem? — Com um movimento súbito, Kit arrebentou a barreira entre os dois mundos.

Era Sandy, de pé na porta. Estava de pijama, seu cabelo estava desarranjado por causa do travesseiro, e suas sardas se destacavam num alarmante relevo contra a pele branca.

— Está tão frio aqui... — disse Sandy, envolvendo a si mesma com os braços. — A janela está aberta? Como você consegue ficar sentada aqui quando a temperatura parece a de uma geleira, e...

Ela não terminou a frase. O lápis voou da mão de Kit e quebrou-se com um alto estalo em pleno ar. Como se tivesse sido disparado por uma arma, a parte da ponta voou direto pelo quarto. Sandy gritou e ergueu as mãos para cobrir o rosto.

Horrorizada, Kit viu a corrente de sangue jorrar do antebraço da amiga.

— Sandy! — gritou. — Você está ferida!

Lentamente, a menina ruiva baixou as mãos e ficou de pé, olhando perplexa a fina ponta de madeira presa em seu braço. Desorientada, ela usou a outra mão para retirá-la.

— Aqui, sente-se. — Kit aproximou-se rapidamente e, com o braço em volta de sua cintura, levou-a até a cadeira da escrivaninha. — Vou pegar um pano. Precisamos estancar o sangramento.

Ela correu para o banheiro, pegou a toalha e a molhou com água fria. Então, torceu-a e levou-a de volta ao quarto.

— Aperte contra o corte. Não, eu faço, espera. Eu consigo usar as duas mãos.

Sandy mal acreditava no que tinha acabado de acontecer.

— Por que você fez isso?

— Eu? Você acha que eu fiz isso? — exclamou Kit, apertando firme a toalha contra a ferida.

— Ué, não fez? Alguém quebrou o lápis e o jogou em mim. Se não foi você, quem foi? Não tem mais ninguém... — Sua voz interrompeu-se e seus olhos refletiram seu entendimento. — Desculpe, Kit. Claro, não foi você. *Ele* estava aqui, não estava? Aquele da música?

— Estava — disse Kit. Sua mão, que apertava a toalha, tremia. Ela se sentia nauseada.

— Por quê? — sussurrou Sandy. — O que ele tem contra mim?

— O problema não foi você — disse Kit. — Aconteceria a mesma coisa com qualquer pessoa que entrasse naquele momento, que quebrasse o controle dele. Ele tinha me possuído, Sandy. Eu ia escrever a música dele. Quando você chamou meu nome, sua voz chegou a mim, e eu escapei.

— Quem era? — Sandy falava com um soluço engasgado na voz. — Schubert?

— Acho que não. Há muito tempo que não é Schubert. Quer dizer, isso se eu consigo discernir pela música. No começo, era bonita, mas agora é diferente, mais louca, mais discordante. Não *parece* Schubert.

— Comigo é a mesma coisa — disse Sandy. — Foi por isso que eu vim aqui agora. Eu tinha de contar. Ellis sumiu.

— Sumiu? — Kit sentiu uma súbita esperança. — Você está livre?

— Não. Que nada. É só que a Ellis foi trocada. Esse novo, que eu não vejo como eu via Ellis, está lá. Eu o sinto em minha mente; parece fumaça, espessa, cinza, suja.

— Ele falou quem era?

— Ele não me diz nada. Ele não fala comigo, ele fala *através* de mim. Fala outra língua. Eu não consigo entender.

— A gente devia ter imaginado que haveria outros — disse Kit. — Ruth falou que era assim com ela desde o começo, com um monte de gente despejando pensamentos nela. Eu também senti isso, na noite em que eu acordei na sala de música. Não era só uma voz, eram várias, todas me solicitando como se eu fosse uma espécie de posse comunitária.

— Mas por quê? Quer dizer, por que agora, quando no começo era uma só?

— Talvez a estrada esteja bem aberta agora, e todos eles consigam passar.

— Então a gente deve esperar que piore? Cada vez mais gente, lotando nossa mente, expulsando nossos próprios pensamentos, até que não sobre mais nada?

Sandy chorava um choro baixinho e desesperado que não tinha nada a ver com o corte no braço. Kit tirou a toalha. O sangramento tinha parado. Erguendo a cabeça, ela observou a tristeza no rosto da amiga e a sua própria.

— Temos que lutar — disse. — Não podemos desistir. Não podemos deixar eles nos dominarem.

— Mas como? Eles são mais fortes, ainda mais sendo muitos. Não precisam parar para dormir, podem ficar atrás da gente o tempo todo.

— Então, precisamos fugir. Vamos planejar. Afinal, somos quatro. São quatro contra quatro, se você contar Lucrécia, que é tão dedicada a Madame que vai fazer qualquer coisa por ela. É uma disputa equilibrada.

— Você está contando Lynda do nosso lado. O que ela pode fazer? E Ruth está mais do lado deles que do nosso. Ela gosta do que está acontecendo. — Sandy sacudiu a cabeça. — Você está delirando, Kit. Não tem jeito. Nós nunca vamos sair daqui. Nossa única esperança é o Natal. Se aguentarmos até lá, vamos passar as férias em casa. Nossas famílias nos aguardam. Não existe jeito de Madame nos prender aqui durante esse intervalo.

— É verdade — disse Kit. — E Madame sabe, e é isso que mais me assusta, já que essa possibilidade não parece abalá-la nem um pouco. Como ela pode aceitar o fato de que vamos sair daqui, contar tudo às pessoas que nos amam e, então, nunca mais voltar?

A resposta estava ali entre elas, na imobilidade do quarto, horripilante demais para ser reconhecida.

— Não fale — disse Sandy, mas Kit mesmo assim pronunciou as palavras.

— Até o Natal — disse, baixinho —, não vai mais fazer diferença. Não vamos precisar estar em Blackwood para eles passarem por nós. Eles estão avançando a cada dia. No Natal, serão parte de nós, os espíritos. Eles vão ter tanto controle que, não importando aonde a gente vá, não importando o que a gente faça pelo resto da vida, a gente vai pertencer a eles.

Capítulo 16

Querida Tracy,

É estranho escrever uma carta que sei que nunca chegará a você, mas faço isso à mão porque colocar as palavras diretamente no papel de algum jeito faz com que eu me sinta mais próxima de você que digitando. Ter você para conversar é o que mantém a minha sanidade. Os dias passam. Eu nem sequer me dou ao trabalho de marcá-los no calendário, pois são todos iguais. Não temos mais aulas – elas pararam logo depois daquela noite em que acordei na sala de música e obriguei Madame a nos contar a verdade sobre Blackwood. Depois disso, o curso ficou insustentável.

Como poderíamos ir às aulas, estudar e fazer as lições, sabendo que elas não passam de atividades para encobrir outra coisa? Como poderíamos nos sentar nas carteiras e ouvir Madame ou o professor Farley falarem sobre história, literatura e línguas, como se fossem professores normais, quando sabemos o que eles são de verdade?

E Jules! Como eu poderia me sentar ao piano e tocar musiquinhas de principiante para Jules, que me ouviu tocar obras que ninguém nunca ouviu antes, com meus dedos se mexendo em padrões que algum gênio musical inventou para mim? De tudo, o que eu acho mais difícil de aceitar é Jules, é o fato de ele fazer parte disso. Imagine ele sentado ali na sala de música, noite após noite, gravando enquanto eu estava ao piano numa espécie de estupor, dominada por um fantasma! E eu achava que ele gostava de mim. Eu achava mesmo, Tracy... Pelo jeito como me olhava, pelo tom da voz dele, e havia alguma coisa nos olhos dele naquela noite em que eu vi a imagem no espelho e comecei a gritar. Ele correu pelas escadas na frente dos outros, colocou os braços em torno de mim e me abraçou; ele estava preocupado. Eu podia jurar que sim. Que boba fui de achar isso, quando para ele sou apenas parte de um experimento esquisito e horrendo.

Agora que não há mais aulas, também não há mais fingimento. Madame Duret, professor Farley e Jules não se sentam mais conosco no salão de jantar. Comemos sozinhas – Sandy, Ruth e eu –, isso quando comemos. A maior parte do tempo não temos fome, e quando temos é mais fácil ir à cozinha e fazer um sanduíche que tentar engolir as refeições que Lucrécia prepara. Nós passamos o máximo de tempo que podemos ao ar livre, no jardim e perto do lago, mas o clima está tão ruim que o vento e o frio logo nos levam de volta para dentro.

Lynda está completamente sumida. Ela nunca aparece. Eu sei que ela está pintando, porque de vez em quando o professor Farley vai ao quarto dela, sai com as telas e as leva para o escritório de Madame. O que eles fazem com elas, isso eu não sei. Será que vão vender, como o Vermeer? Foi assim que Madame conseguiu financiar a compra de Blackwood? Com um novo manuscrito de Hemingway, com um poema de Kipling, com alguma música que só Chopin poderia ter composto? Será que agora ela quer vender as obras recém-descobertas de Schubert que Jules tem nas gravações?

Se ao menos eu pudesse entrar naquele escritório e usar o telefone. Já disquei tantas vezes o seu número na minha imaginação que ele é quase parte de mim. Eu o escrevo com meu dedo no pó em cima do gaveteiro e vejo que o escrevi diversas vezes na margem desta carta. Eu conseguiria telefonar para você dormindo, acho, se conseguisse chegar ao telefone fixo. Mas a porta do escritório fica trancada.

 E também a porta da Lynda. Eles deixam-na trancada para que não entremos a fim de "distraí-la". Madame tem a chave, e ela a dá a Lucrécia na hora de levar as bandejas. Sandy e eu ficamos do lado de fora às vezes para tentar falar com ela, mas não temos resposta. Acho que ela poderia falar com Ruth. Se há alguém que conseguiria se comunicar com ela, é Ruth – há anos elas são amigas –, mas Ruth não quer ir. Ela diz que a obra que Lynda está produzindo é importante demais para ser prejudicada por conversinhas bobas.

 Sandy e eu nos mantemos longe de Ruth o máximo possível. Estar com ela é quase tão ruim quanto ficar na mesma sala que a própria Madame Duret. Ruth não é mais uma de nós. Ela aceitou o que está acontecendo conosco, e agora está se deixando levar como se estivesse na crista de uma onda. Os olhos de Ruth estão sempre brilhando, animados, e ela carrega um caderno para todo lado, a fim de anotar as coisas que "surgem" na cabeça dela. Eu dei uma olhada nesse caderno, uma vez, e era como se estivesse cheio de um código estranho, com números e símbolos e diagramas esquisitos. Mas eu não vou aceitar mais isso! Não enquanto eu ainda estiver viva, não mesmo! Vou lutar o máximo que puder! E vou sair daqui, Tracy, de alguma forma, de uma maneira ou de outra. Eu vou sair daqui!

 Kit

Kit dobrou a carta, colocou-a no bolso da calça jeans e saiu do quarto. Não se deu ao trabalho de trancar a porta, sabendo que isso não faria a menor diferença. Ela não olhou o espelho no final do corredor. Não queria saber quem veria ali.

Descendo as escadas, seguiu até chegar ao escritório de Madame e tentou virar a maçaneta. Ela não girava. *Um dia,* pensou, *vai girar. Ela não pode deixar essa porta sempre trancada. Vai chegar um dia em que ela vai esquecer; nesse dia, vou entrar aqui tão rápido que ninguém vai me impedir. É só esperar, observar e tentar.*

Além do escritório, a porta da sala de estar estava aberta, e a lareira, acesa. Lucrécia estava na sala, tirando o pó. Kit parou, mas não entrou. Não fazia sentido tentar falar com Lucrécia. Ela não sabia o quanto Lucrécia entendia da situação em Blackwood, mas isso não importava, já que não daria ouvidos a ninguém que não fosse Madame Duret.

Kit seguiu pelo corredor até a sala de música. Pela porta fechada, ela ouvia o piano. Ficou escutando por um instante e, então, sem bater, abriu a porta. Jules estava sentado de costas para ela, tocando baixo sozinho. Ele parou quando a porta se abriu e se virou para ver quem tinha entrado. Dessa vez, não pareceu ficar irritado com a intrusão.

Ele disse:

— Oi.

— Oi. — Kit ficou parada olhando para ele, perguntando-se como um dia ela poderia tê-lo achado atraente. Ele parecia a mãe, e ela odiava os dois. — O que você está tocando? — perguntou, amargamente. — Alguma coisa de Schubert?

— Kit, por favor. — Ele fez um gesto de desamparo. — Não quero que sejamos inimigos. Eu gosto tanto de você. Gosto desde o começo. Queria que você tentasse entender a minha posição.

— Qual é exatamente a sua posição? — perguntou Kit, friamente.

— Bem, não é a de cúmplice num crime. Você está tentando fazer com que eu me sinta culpado, e isso não é justo. Minha mãe tem um dom, um dom maravilhoso. Ela deu a vocês uma chance de ajudar a enriquecer o mundo. Por que você se incomoda tanto com isso?

— Por que eu me incomodo tanto com isso? — Kit o olhou, incrédula. — Como você se sentiria se fosse você uma espécie de veículo para gente morta? E, já que esse assunto veio à tona, por que é que você não participa ativamente da experiência? A sua mente não é "jovem, limpa e desimpedida" o bastante para a sua mãe usá-la?

— Claro que não — disse Jules, rígido —, senão tenho certeza de que ela também teria feito de mim um receptor. Nem todo mundo é preparado para esse tipo de coisa. Você é abençoada.

— Pare de dizer isso — disse Kit. — Não existe nada positivo nisso. Jules, quero perguntar uma coisa. O que houve com as escolas que a sua mãe tinha na Inglaterra e na França? E com as meninas que as frequentaram? Por que a sua mãe fechou as escolas e veio para os Estados Unidos?

— Não sei — disse Jules. — Nunca perguntei.

— Como você pode não saber? Você estava lá, não estava? Quando aconteceu?

— Não, não estava — disse Jules. — Estava no conservatório. Já falei isso. O único tempo que eu passava nas escolas da minha mãe era durante as férias, quando elas estavam fechadas. Eu não me interessava muito pelo trabalho dela. Não percebia a importância do que ela fazia.

— Você não sabia que ela era médium?

— Sabia que ela tinha talentos nesse sentido — admitiu Jules —, mas não sabia que ela usava as alunas como cobaias. Não tinha a menor ideia de que ela fazia algo tão apaixonante quanto trazer de volta os gênios criativos do mundo. Foi só quando a minha mãe fechou a escola na França e preparou tudo para vir para cá que ela me contou isso. Achou que isso faria com que eu quisesse vir com ela.

— E as coisas são do jeito que você esperava que fossem? Você está contente com isso, Jules, de verdade? É capaz de ver o que está acontecendo com Lynda, com Sandy, *comigo*, e achar que está tudo bem?

— Kit, você precisa se adaptar — disse Jules. — Concordo, você não está bem. Mas é culpa sua. Vocês lutam tanto contra isso que ficam exaustas física e mentalmente. Eu não gosto de ver você desse jeito, toda branquela, magra e desgastada. Fico preocupado. Mas a resposta não está comigo, está com você. Se você simplesmente aceitar a situação e deixar as coisas acontecerem, tenho certeza de que vai ficar bem.

— Você não percebe! Não entende! — gritou Kit, frustrada. As lágrimas, que ela nunca costumava derramar, acumulavam-se em seus olhos. — Jules, se você gosta de mim, se você é mesmo meu amigo, então me ajude! Ajude nós todas! Tire a gente daqui!

Jules sacudiu a cabeça.

— Não posso. Você sabe disso. Tudo seria arruinado.

— Então, se você não vai fazer isso, pode fazer outra coisa por mim? Pode descobrir o que aconteceu com as outras meninas, com aquelas que foram para as escolas anteriores? As fichas delas estão no escritório. Sua mãe me falou.

— O que você quer com isso? — perguntou Jules. — Provavelmente hoje estão espalhadas pelo mundo.

— Você poderia *ver*, não poderia? Que mal faria isso?

Jules sacudiu a cabeça.

— Não posso vasculhar os arquivos privados da minha mãe. Posso perguntar, se você quiser, e te conto o que ela me disser. Ou você mesma pode perguntar.

— E isso vai adiantar muito... — explodiu Kit.

As lágrimas estavam tão próximas da superfície agora que Kit sabia que, se ficasse um segundo a mais, não conseguiria controlá-las. Virando-se abruptamente, saiu da sala, batendo a porta atrás de si, e foi outra vez para o corredor. Sentiu uma rajada de ar fresca e úmida do lado de fora e viu que o grande portão da frente estava aberto. Uma figura conhecida estava ao lado, ajustando o colarinho do casaco.

Kit deu um grito assustado e estendeu as mãos.

— Natalie!

Natalie Culler olhou e acenou com a cabeça, reconhecendo-a. Ela terminou de abotoar a parte de cima do casaco e moveu-se, preparando-se para sair.

— Natalie, espere! Não vá! — Kit correu até ela. — O que você está fazendo aqui?

— Vim pegar meu dinheiro — disse Natalie, direta. — Quando a senhora me demitiu, me devia duas semanas. Fiquei tão zangada na hora que simplesmente fui embora, mas o dinheiro era meu. Ganhei cada centavo e hoje voltei para buscar.

— Como você veio? — perguntou Kit, empolgada.

— De carro. De que outro jeito? Você achou que eu viria andando da aldeia?

— E você conseguiu passar pelo portão?

— Liguei para avisar — disse Natalie. — Ela mandou o senhor Jules descer e abrir. Acho que ela sabia que eu não ia desistir. — Ela parou para observar Kit, e a raiva em seu rosto sumiu um pouco, sendo substituída pela preocupação. — Desculpe o que vou dizer, mas a senhorita está com uma aparência péssima. Está doente?

— Sim — disse Kit. — Estamos todas doentes. Esse lugar é doentio! Natalie, me leve com você!

— Comigo? Para a cidade?

— Para qualquer lugar! Pode ser para a cidade. Qualquer lugar de onde eu possa telefonar. Por favor, Natalie!

— Está frio. A senhorita está sem casaco.

— Não importa! Não vou nem sentir!

— Madame ficaria furiosa — disse Natalie, sem muita certeza. — Ela provavelmente mandaria me prender por sequestro. Por que a senhorita não escreve aos seus pais e pede para eles virem buscá-la? Essa seria a melhor maneira de sair daqui, se é isso que a senhorita quer.

— Não posso — disse Kit, desesperadamente. — Todas as cartas são...

Kit interrompeu a frase na hora em que ouviu a porta se abrir atrás dela. Houve um instante de silêncio. A garota não precisou se virar: ela percebeu pela expressão de Natalie quem era.

— Natalie! — A voz de Madame Duret parecia feita de gelo. — Por favor, retire-se daqui. Paguei seu salário e não a convidei para permanecer nem fazer visita.

— Sim, senhora. — Havia ódio no rosto de Natalie. Ela virou desafiadoramente para falar com Kit.

— Adeus, senhorita. Cuide-se. Espero que logo se sinta melhor.

— Espere, por favor! — Kit lutou para encontrar as palavras e, então, num último esforço, febril, tirou a carta do bolso da calça e colocou-a rapidamente na calejada mão de Natalie. — Aqui — sussurrou apressada —, pegue isso e coloque no correio.

Natalie olhou o papel dobrado, atônita.

— No correio? Para quem?

— Tracy Rosenblum — disse Kit. — Ela mora em...

— Kathryn! — falou Madame, diretamente atrás dela. — Saia já de perto da porta. Você vai pegar friagem.

Natalie lançou-lhe um olhar sobressaltado e saiu apressadamente, fechando a porta. Ela tinha a carta na mão, mas Kit ainda não sentia a energia da vitória.

Não havia jeito de Natalie enviar a carta sem o endereço.

Capítulo 17

Naquela noite ventou. De início, eram ventos distantes e agudos, como crianças briguentas discutindo ao longe; depois, mais perto, gemendo e chorando com vozes finas e esganiçadas nos galhos das árvores do outro lado do muro, eles abriram caminho até as portas de Blackwood e tentaram entrar.

Durante a noite inteira, circundaram a casa, pondo as janelas à prova, uivando nos cantos, gemendo nos vãos, choramingando nas calhas, até que veio a manhã e Kit teve certeza de que não tinha dormido um segundo sequer.

Então, ela percebeu que sua mão direita estava com cãibras de escrever, e que o livro de partituras em sua mesa estava preenchido até a metade.

— É a mesma coisa comigo — disse Sandy, depois. — Eu tento lutar contra, mas existe um limite até onde dá para aguentar. Eu não planejo dormir, mas de repente está de manhã, e eu já dormi.

Como quem pede desculpas, ofereceu a Kit uma folha de papel.

— Outro poema? — Kit deu uma olhada e devolveu. — Não consigo ler. Está em francês.

— Também não consigo ler. Só que a letra é minha, então sei que fui eu que escrevi.

— Vamos chamar Ruth para traduzir?

— Eu não quero pedir para ela... — disse Sandy. — Ela vai gostar de traduzir, e eu não quero que ela goste. Que horrível, não?

— É — concordou Kit. — Eu sei do que você está falando. Ela está sentindo tanto prazer com isso tudo que tenho vontade de bater nela. — Fez uma pausa e, em seguida, disse: — Não temos muita escolha. Pedimos a Ruth, a Madame ou a Jules; entre eles, Ruth é a melhor opção. Você quer saber o que escreveu, não quer?

— Acho que sim — disse Sandy, colocando o papel no bolso. Mas ela não fez qualquer esforço para encontrar Ruth, e Kit também não fez, porque se sentia esgotada e exaurida como se tivesse passado a noite correndo uma maratona. Ficaram a maior parte do dia juntas no quarto de Sandy, lendo, conversando um pouco e jogando cartas, sem muita vontade. No fim da tarde, começou a chuva, primeiro de leve, mas depois foi aumentando, de modo que à noite as delicadas batidas no telhado tinham virado um monótono ribombar.

Às seis e meia, elas desceram para o salão de jantar não tanto por fome, mas mais por terem percebido que nenhuma das duas tinha comido desde a noite anterior. Era a noite de folga de Lucrécia, e a refeição disposta na mesa consistia em uma tábua de frios de aparência passada e uma tigela de salada de batata empapada. As velas tremeluziam erraticamente, e do outro lado das longas janelas o clarão de um relâmpago ocasional estriava o céu negro.

A comida pareceu ainda menos apetitosa quando elas a colocaram nos pratos.

— Não consigo — disse Sandy. — Desculpe. Não vou botar isso para dentro.

— A gente tem que comer alguma coisa — disse Kit. Nós precisamos de toda a força. — No entanto, depois de uma ou duas engolidas forçadas, ela também afastou o prato. Um grande trovão preencheu a sala, e o lustre balançou, indo de um lado para o outro como um pêndulo cheio de ornamentos, enquanto as centenas de pequeninos cristais capturavam a luz das velas e lançavam-na na parede, num padrão estranho e iridescente. Do lado de fora, o vento gritava, e os galhos das árvores arranhavam as janelas.

— Vamos para a sala de estar — disse Kit. — Pelo menos lá tem a lareira.

Ruth já estava lá antes de elas chegarem, folheando o caderno que sempre carregava consigo e comendo um sanduíche de pasta de amendoim.

— Fui até a cozinha e fiz — disse, engolindo o último pedaço. — Não consegui enfrentar aquele negócio.

— Boa ideia. Talvez daqui a pouco a gente faça a mesma coisa. — Kit atravessou a sala e postou-se diante da lareira. O calor produzia uma sensação gostosa em suas costas, e o crepitar da lenha foi o primeiro som alegre que ela ouvia em bastante tempo.

— Por que você não mostra a Ruth o poema para ver o que ela entende? — sugeriu Kit a Sandy.

— Outra oferta de Ellis? — perguntou Ruth, fechando seu livro.

— Não — disse Sandy. — Está em francês. A poesia de Ellis é toda em inglês. — Ela tirou o papel do bolso e mostrou.

Ruth pegou a folha e ficou sentada um minuto em silêncio, com o olhar indo e vindo da esquerda para a direita enquanto percorria os versos.

— Uau! — disse, baixinho. — Você não quer que eu leia isso para você.

— Por que não?

— Você não quer, simplesmente. Isso... Isso não é como as outras coisas que você escreveu.

— Pouco me importa — disse Sandy. — Quero ouvir. Quero saber o que estou escrevendo.

— Então tá. — Ruth fez uma leve careta. — Mas não diga que eu não avisei. — Ela começou a ler, lentamente, com uma voz sem expressão. Uma palavra depois da outra, Kit, atônita na frente da lareira, não acreditava no que estava ouvindo. O rosto de Sandy foi ficando cada vez mais pálido. Por fim, ela fez um gesto para que a tradução fosse interrompida.

— Chega. Não leia mais.

— Eu avisei — disse Ruth. — Eu sabia que você não ia querer ouvir.

— É nauseante — disse Sandy, com a voz engasgada. — Eu nunca usei palavras assim na vida. É simplesmente nojento, é tudo nojento. Me dá ânsia de vômito.

— Bem, não me culpe por isso — disse Ruth. — Tudo o que fiz foi ler, como você me pediu. Quem é o autor, se você não se importa de eu perguntar?

— Não quero pensar nisso. — Sandy virou acabrunhada para Kit. — Você consegue imaginar o tipo de maluco nojento, de doido que escreveria um lixo desse? — Ela tremeu. — Já me sinto suja por ter segurado a caneta. Eu preferiria nunca...

Ela interrompeu a frase no instante em que a sala ficou branca com um clarão de luz. Imediatamente veio o estrondo de um trovão, tão forte que o teto pareceu levantar-se com o impacto, e um quadro perto da janela caiu no chão. No mesmo momento, as luzes piscaram e se apagaram.

No súbito silêncio que se seguiu, Kit ouviu seu coração bater no ritmo do cair da chuva.

— Esse... — Ela tentava falar e via que a voz precisava ser arrancada da garganta. — Esse foi por pouco.

Ruth fez que sim com a cabeça. Seus óculos capturavam a luz da lareira e devolviam um reflexo de labaredas saltitantes.

— Aposto que acertou a chaminé.

— E agora estamos sem luz. Que maravilha — disse Sandy, tremendo. — Já pensou se os quartos estiverem sem luz também?

— Não quero nem imaginar — disse Kit. — Vou dormir aqui mesmo. Vamos tirar no palitinho para ver quem fica com o sofá. — Ela quis que as palavras soassem leves, mas não foi assim. Veio o som de vozes no corredor do outro lado da porta da sala de estar. A de Madame, severa e autoritária. A do professor Farley. A de Jules, um tom acima, fazendo uma pergunta. Então, veio outro estrondo, dessa vez mais longe, e a porta se abriu.

— Meninas? — disse o professor. — Tudo bem aqui?

— Acho que sim — respondeu Ruth. — O que aconteceu?

— Nós achamos que o raio acertou aquela árvore enorme perto da janela do salão de jantar. Jules vai lá dar uma olhada, e Madame foi até a cozinha procurar velas. Deve haver algumas.

— Pelo menos temos a lareira — disse Sandy. Podemos fingir que estamos acampando, assar marshmallow e contar histórias de fantasmas. — Houve um instante de silêncio; então, no momento em que se deu conta do sentido daquilo que dissera, ela começou a rir. Era um riso agudo, estranho, que, uma vez iniciado, não parava; ele jorrava, como o líquido gaseificado de uma garrafa que foi sacudida e aberta, irrompendo, louco e sem controle.

— Pare — disse Ruth.

Mas Sandy não conseguia. Ela se sentou perto da lareira e observou cada um com olhos arregalados e assustados, então continuou rindo enquanto lágrimas corriam de seus olhos em riachos cor de fogo e o vento gemia esganiçado pelos cantos da casa, fazendo força para ser ouvido mesmo com a chuva.

— Sandra? Minha querida... — O professor atravessou a sala lentamente, com seu andar difícil, de velho, e sua silhueta grotescamente projetada contra o brilho da lareira. Ele se curvou para olhar Sandy cara a cara. — Por favor, minha filha. Você precisa se controlar.

— Ela não consegue — disse Ruth. — Está tendo uma crise de histeria.

— Parece mesmo. — O professor levantou a cabeça. — Meninas, uma de vocês vá buscar Madame Duret. Ela vai saber lidar com isso.

— No escuro? — objetou Ruth. — A cozinha fica lá nos fundos da casa.

— Eu vou — disse Kit.

— No breu? Você vai se perder no corredor.

— Não vou me perder, não. — Silenciosamente, Kit xingou a si mesma, por medo de ter deixado transparecer em sua voz a ansiedade que sentia. Como era possível que eles não tivessem percebido aquilo, voltando-se para ela perplexos? Mas os dois estavam preocupados demais com Sandy. Não havia ninguém para vê-la, ninguém para impedi-la.

Atravessou a porta, fechou-a e partiu pelo corredor repleto de escuridão. Ela não estava com medo. Pela primeira vez em semanas, parecia não sentir medo algum.

Decidida, caminhou diretamente para seu objetivo. Rápido, pois não havia muito tempo. A qualquer momento, Madame poderia surgir de uma das portas do outro lado do corredor, carregando as velas. Kit andava perto da parede, guiando-se com a mão, tentando estimar a distância que tinha percorrido em comparação com a que ainda tinha de percorrer. Ela chegou perto da entrada da sala de música; sua mão sentiu a maçaneta, cruzou o vazio da porta escancarada e encontrou a parede do outro lado. Contou os passos: um, dois, três, quatro... Quantos metros haveria entre a porta da sala de música e a do escritório de Madame Duret? Ela formou uma imagem em sua mente, mas a profundidade das trevas em torno dela borrava toda lembrança.

Dez, onze, doze... Será que ela tinha ido longe demais? Será que tinha passado da maçaneta da porta? Ou, pior ainda, será que tinha errado completamente a direção e estava se dirigindo para a entrada da sala de jantar?

Meu Deus, espero que não, pensou Kit. *Se eu parar ali, nunca vou conseguir voltar e recomeçar.*

Treze, catorze, e ela chegou. Os painéis da parede deram lugar debaixo de sua mão à madeira lisa e dura da porta. Com um suspiro de alívio, Kit apalpou-a cuidadosamente, centímetro a centímetro. Em sua primeira passagem, os dedos erraram a maçaneta. Na segunda, acharam. Fazendo uma prece silenciosa, Kit fechou a mão sobre ela e girou. Ela se moveu com tanta facilidade que Kit quase caiu para a frente na hora em que a porta se abriu.

Ela estava no escritório. Sabia disso, pois sentia o carpete sob seus pés e o cheiro de tinta fresca das pinturas de Lynda, guardadas ali. Ainda que aquela fosse apenas a segunda vez que Kit tinha entrado no escritório de Madame Duret, ela seria capaz de descrever cada centímetro daquele cômodo. Ela caminhou sem hesitar na direção da mesa. Chegou até lá e sentiu a superfície lisa sob a palma de sua mão. Passou por uma pilha de papéis, por um computador e, então, achou o que estava procurando.

O telefone.

Na escuridão, não conseguia ver os números, mas isso não importava. Se ela apertasse botões o suficiente, acabaria falando com uma telefonista.

Um minuto, pensou, *só um minuto a mais, e vou ouvir a voz de Tracy*. Ou a da mãe ou do padrasto dela. E ela diria: "Aqui é Kit. Estou presa em Blackwood. Socorro! Vocês precisam me ajudar!". Sua mão tremia na hora em que ela levantou o telefone, e a outra mão procurava os botões. Ela estava tão ansiosa que já tinha reunido fôlego para falar quando percebeu que não havia sinal de discagem. Silencioso e morto, o telefone ficou apenas encostado em sua orelha.

Por um longo momento, ela ficou ali, imóvel, tentando reavivar o aparelho com sua força de vontade. Então, lentamente, ela o baixou e o deixou cair na mesa. O estrondo foi alto. Não importava. Nada importava agora.

— Era nossa única chance — disse Kit, baixinho. — Nossa única e última chance.

Não haveria outra noite como aquela, com tanta confusão, tanta emoção, com gente correndo em direções diferentes e a porta do escritório destrancada e sem alguém para tomar conta. Era uma chance única. Quando a linha telefônica fosse consertada, a casa estaria de volta à normalidade e o escritório estaria protegido de invasões.

Se eu fosse a Sandy, pensou Kit, infeliz, *eu teria um ataque histérico. Ficaria aqui tremendo, rindo, batendo a cabeça contra a parede. Ou então choraria. Acho que eu poderia chorar de agora até a eternidade, e ainda sobrariam lágrimas.*

Mas, sendo quem era, ela não fez nada disso. Simplesmente ficou ali, na escuridão, apoiada contra a escrivaninha, aguardando o inevitável. Madame logo voltaria à sala de estar com as velas e, assim que o professor Farley reparasse que Kit não estava com ela, mandaria alguém procurá-la. E quem quer que fosse não precisaria pensar muito para saber onde encontrá-la. Era questão de minutos. O corredor do outro lado da porta ficava mais claro, e ela ouvia passos. Então, a luz de uma lanterna apareceu, apontada direto para o rosto dela.

Jules disse:

— Kit! O que você está fazendo aqui?

A lanterna dirigiu-se para a escrivaninha e mirou o telefone fora do gancho. Ela podia ouvir Jules respirar fundo.

— Você ligou para alguém?

— Claro. — Kit tentou manter a voz firme. — Chamei a polícia. Eles estão vindo agora. Melhor você falar para a sua mãe abrir o portão, Jules.

— Por que você não desligou? — Jules entrou no escritório e estendeu a mão para pegar o telefone da mesa. Ele o pressionou contra o ouvido um instante, depois o recolocou no gancho. — Boa tentativa — disse ele. A voz estava estranhamente delicada. — A linha deve ter caído. Vamos, Kit. Vamos para junto dos outros.

— Não quero. Eu não vou ficar sentada naquela sala com a sua mãe e o professor e conversar e agir como se eles fossem normais.

— Kit, por favor, não fica assim. — Ele tentou colocar a mão em volta do ombro dela, mas Kit soltou-se rapidamente e foi para trás da cadeira, de modo que a mobília ficasse entre eles.

— Ok — disse Jules, firme. — Se prefere, levo você para o quarto. Precisa me deixar ir com você, pelo menos, pois sem lanterna não vai chegar lá nunca.

Ele se moveu, e o facho de luz traçou um caminho pelo carpete e bateu na parede do outro lado.

O facho balançou para cima, passando por uma pilha de telas e parou, focando naquela apoiada contra o lado do arquivo.

Passou-se um momento antes que qualquer um deles conseguisse falar.

Então, Jules disse, baixinho:

— Meu Deus!

Capítulo 18

— Quem fez isso? Quem pintou essa... coisa? Não pode ter sido Lynda.

— Mas foi — sussurrou Kit. — Quem mais?

Ela encarou o quadro como se estivesse hipnotizada, nauseada e desolada, mas incapaz de afastar os olhos. A cena diante dela descrevia uma forma de tortura mais horrível que qualquer coisa que ela poderia imaginar. No primeiro plano, tão real que parecia brotar da tela, o branco rosto de uma mulher gritava na direção deles, contorcido numa expressão de agonia insuportável.

— Mas eu achei... — a voz de Jules estava rouca com o choque. — Eu achei que ela estava pintando paisagens! Rios, campos, coisas bonitas.

— Tire essa luz daí.

Kit fechou os olhos e, quando os abriu de novo, o facho tinha caído e o quadro estava coberto pelas trevas.

— Agora você entende? — perguntou, em voz baixa. — Está começando a compreender?

— É uma insanidade! Quem quer que tenha criado isso... é obsceno. Que coisa horrível!

— Não foi Thomas Cole.

— Deus, não! — Ele parecia perplexo. — Quem? Você tem ideia? Ela falou?

— Já tem semanas que eu não a vejo — disse Kit. — Sua mãe a mantém presa no quarto. Ela não fala nada quando a gente chama do outro lado da porta. Você não sabia?

— Eu sabia que ela passava a maior parte do tempo pintando, mas eu achava... — A voz Jules parou. — Você imagina ficar aqui sozinha, pintando coisas desse tipo? Segurar um pincel e vê-las surgirem diante de você, na tela?

— Eu consigo imaginar — disse Kit —, e a Sandy também. Quando os caminhos para o outro mundo se abrem, não dá para controlar quem viaja neles. Agora entende por que a sua mãe não quis usar você como cobaia? Você é filho dela. Mãe nenhuma faria isso com o próprio filho.

— Minha mãe não sabe — disse Jules, sem muita certeza. — Aposto que não.

— Ela viu os quadros. Eles estão bem aqui no escritório dela.

— Talvez esse seja novo. O professor Farley pode ter trazido hoje.

— Tem uma pilha de quadros. Quer conferir? — Kit não conseguia ver o rosto de Jules, mas percebia o tom da voz dele.

— Não.

— Jules — disse ela, baixinho —, outro dia eu perguntei o que tinha acontecido com as meninas que frequentaram as escolas europeias. Você não sabia. Os arquivos estão aqui, bem aqui no armário de metal. É só a gente abrir e olhar.

— Não posso — disse Jules.

— Você precisa! Você nos deve isso! — Kit estendeu a mão e tocou seu braço. — Por favor, Jules, a gente tem que saber! Você não percebe que o que quer que tenha acontecido com elas é o que está acontecendo com a gente? Isso não faz diferença para você? Você não *se importa*?

— Claro que me importo. — Ele apontou o facho para o armário e, ao mover a luz, passou pela lateral do quadro, mostrando outra vez o rosto torturado da mulher. Cada detalhe era tão real que parecia que o sangue tinha caído e manchado o carpete logo abaixo.

Kit engoliu em seco, procurando segurar uma onda de náusea que subiu pela sua garganta, quase a engasgando.

— Ok — disse Jules, bruscamente. — Vamos dar uma olhada.

Eles foram até o arquivo, Jules segurando a lanterna. Havia duas gavetas, uma em cima da outra.

Kit ficou de joelhos, pegou o puxador da gaveta de cima e o moveu. Abriu com facilidade, revelando um conjunto de livros encadernados em couro negro. Atrás havia muitas pilhas de cheques cancelados, presos com elásticos, e um arquivo de recibos.

Kit olhou-os de relance.

— Será que não há registro aqui do que ela recebeu pela venda do Vermeer?

— Vamos olhar os arquivos das meninas — disse Jules. — Com isso, concordei, mas não com olhar registros financeiros confidenciais. Feche essa gaveta e abra a de baixo.

— Tudo bem. — Emburrada, Kit fechou a gaveta e abriu a de baixo, que se moveu mais pesadamente e fez um leve rangido, como se os sulcos dos lados tivessem começado a enferrujar.

— É essa! — exclamou Kit, sentindo o coração bater mais forte. — Só tem nomes, em ordem alfabética. Anderson, Cynthia; Bonnette, Jeanne; Darcy, Mary. Não são muitas.

— Ela mantinha o número de alunas bem reduzido nas outras escolas — disse Jules —, exatamente como aqui. Por onde você quer começar?

— Pela primeira, acho. — Kit pegou a pasta "Anderson". — Ilumine aqui, por favor. Ah, não! — Ela prendeu a respiração, desapontada. — Está em francês!

— Você está surpresa? É a língua nativa da minha mãe. Aliás, a minha também. — Jules pegou a pasta da mão dela. — Deixe-me ler.

— Em voz alta! — disse Kit. Depois de um momento, ela repetiu: — Em voz alta, Jules! Traduza para mim!

— Deixe-me correr os olhos primeiro. — Lentamente, Jules passou o facho de luz página abaixo, parando aqui e ali como se fosse reler certos trechos. Quando terminou, colocou a pasta de volta e pegou a seguinte.

— O que dizia? — perguntou Kit. — O que aconteceu com Cynthia Anderson?

— Pare de me pressionar, Kit — disse Jules, em tom rude. — Quero dar uma olhada no resto. Não dá para dizer nada olhando só um caso.

— Vai logo. Alguém pode vir atrás de nós a qualquer instante. — Kit mordeu o lábio, frustrada, e recolheu-se ao silêncio. Do lado de fora, a tempestade continuava a uivar. No escritório não havia som além do farfalhar ocasional do papel quando Jules concluía uma ficha e pegava a seguinte.

Depois do que pareceram horas, ele colocou a última ficha de volta na gaveta e fechou.

— Vamos — disse. — Vamos para a sala de estar.

— Isso é tudo o que você tem a dizer? — A voz de Kit estava esganiçada de raiva. — Você lê vinte fichas e, quando termina, não me diz nada?

— Uma coisa eu já adianto — disse Jules. — Eu vou tirar você daqui.

— Você... *o quê*? — Kit tentou enxergar o rosto dele. — Eu entendi bem? Você vai *tirar* a gente daqui?

— Quanto mais cedo, melhor — disse Jules. — Agora, nesta noite, se possível. Se não der para ser agora, então assim que amanhecer.

— Mas o que estava escrito nas fichas? Você precisa me contar!

— Eu não preciso contar nada. — Jules se levantou e procurou a mão de Kit. — Não importa o que as fichas diziam. O que importa é que você vai conseguir o que quer. Vocês vão para casa, as quatro, nem que eu tenha que levar cada uma de carro.

Havia tanta determinação na voz dele que Kit não insistiu mais. Ela o deixou ajudá-la a ficar de pé e, com a lanterna iluminando o caminho, permitiu que ele a guiasse para fora do escritório e de volta ao corredor. O brilho da lareira era uma faixinha rosa debaixo da porta da sala de estar. Jules abriu a porta e, ainda segurando a mão de Kit, puxou-a com ele para dentro. Dando uma rápida olhada em volta, Kit viu que a cena não tinha mudado consideravelmente em relação à de meia hora antes. Sandy ainda estava sentada perto da lareira, mas agora estava quieta, inclinada para a frente com o rosto enterrado nas mãos, e o professor Farley estava de pé acima dela, tentando acalmá-la. Ruth tinha colocado uma cadeira ao lado da lareira e tentava ler à luz tremeluzente.

Madame Duret estava de pé, de costas para a porta, colocando um conjunto de candelabros na prateleira. Ela se virou ao ouvir a porta e disse:

— Jules? Onde você a encontrou?

A voz dele estava grave.

— Ela estava no escritório, exatamente como você suspeitava, tentando telefonar. Mas a linha tinha caído, e o telefone estava mudo.

— Ainda bem. — Madame voltou seu gélido olhar para Kit. — Você realmente imaginou que conseguiria alguma coisa com esse tipo de comportamento? Eu achei que a essa altura, Kathryn, você já teria se conformado com o fato de que vai ficar em Blackwood até chegarem as férias. Nada do que você fizer vai mudar isso, e a vida vai ficar muito mais fácil para todos nós se você aceitar a situação.

— Eu não preciso aceitar nada! — gritou Kit, em tom desafiador. — Ninguém tem! Jules vai tirar a gente daqui!

— Isso é ridículo — disse Madame, firme. — Jules não vai fazer nada. Ele só disse isso para impedir que você fizesse uma cena. Jules despreza coisas desagradáveis.

— Não foi — disse Kit. — Ele está falando sério! Ele prometeu! — Ela segurou com força a mão forte que segurava a dela. — Você prometeu, Jules. Você estava dizendo a verdade?

— Sim — disse Jules.

A palavra soou como uma pedra num lago. Uma única palavra, mas no silêncio que se seguiu ergueu-se uma onda atrás da outra, quebrando contra as paredes. Ruth baixou o livro e olhou sem acreditar.

Sandy ergueu o rosto das mãos. O professor Farley virou para ele, boquiaberto.

Madame Duret ficou petrificada, com uma vela em cada mão.

— O que foi que você disse? — perguntou ela ao filho.

— Eu disse que *sim*. Vou tirá-las daqui. Nesta noite, se a tempestade passar. — Jules falava sem nenhuma agitação. — Eu li as fichas, mãe.

— As fichas?

— Do arquivo no escritório. As fichas das meninas das escolas europeias. Li as fichas de todas elas, com as coisas que elas fizeram, com o que aconteceu com elas.

— Então como você pode falar em levar as meninas de Blackwood embora agora? — Madame estava incrédula. — Você viu as realizações delas. A pequena Jeanne Bonnette escreveu três romances. Publicamos com pseudônimo, e os direitos possibilitaram a compra de Blackwood. E a menina negra de Marselha, como se chamava... Gigi? Mais de cinquenta quadros a óleo, direto do impressionismo francês.

— Eu vi o último quadro de Lynda Hannah — disse Jules.

— Ah? Bem, ela está passando por uma fase. *Aquilo* não dá para vender. — Madame suspirou, lamentando. — Temo que a produtividade de Lynda esteja chegando ao fim. Mas, quanto às outras, é só o começo! Ainda teremos meses de sucesso! Quem sabe o que não vai sair daí!

— Você acha isso importante? — perguntou Jules.

— E *você* não acha? Eu não acredito. Ontem mesmo ouvi você tocar a última fita da Kathryn.

— Isso foi ontem, antes que eu ficasse sabendo da verdade. — Ele olhava a mãe, atônito. — Você realmente acha que eu iria continuar com isso, depois de ler esses relatórios? Como *você* pode continuar? — Jules lutava para controlar a própria voz. — Mãe, não entende? Eu sei o que aconteceu com aquelas meninas!

— O que os relatórios diziam? — implorou Kit. — Por favor, Jules, ela não vai ceder. Você precisa nos contar.

Jules hesitou e, em seguida, tomou sua decisão.

— Das vinte, quatro estão mortas.

— Mortas! — sussurrou Kit.

— Três cometerem suicídio. Uma caiu, tentando sair de uma janela no terceiro andar da escola. Consideraram acidente.

— E as outras? — Kit mal conseguia formular a pergunta.

— As outras ficaram *loucas*. Cada uma delas está agora numa instituição psiquiátrica!

De perto da lareira, Sandy gemeu baixinho.

O professor Farley sacudiu a cabeça em reprovação.

— Não foi nada sensato dizer isso na frente das meninas, Jules. Isso vai deixá-las perturbadas e contrariadas. Foi cruel.

— Cruel!? — gritou Kit. — Está chamando o Jules de cruel? Você sempre soube! Você e Madame Duret, os dois, vocês não são humanos! São dois abutres enormes, comendo nosso cérebro! — Febril, ela se virou para Jules. — Vamos embora agora! A tempestade não importa. Prefiro ser acertada por uma árvore ou varrida da estrada pelo vento ou *qualquer coisa* a passar mais uma noite neste lugar horrível!

— Eu vou com você — gritou Sandy, colocando-se de pé.

— Ruth?

— Também vou — disse Ruth. — Seu rosto estava vermelho de raiva. — Eis aí uma informação importante que ninguém se deu ao trabalho de compartilhar. Uma coisa é ser uma receptora, e eu vejo o que há de bom nisso, outra coisa é saber que isso vai nos destruir.

— Agora, meninas, acalmem-se — ordenou Madame. — Jules, estou furiosa com você. Talvez tenha havido alguma instabilidade com nossas antigas alunas. Não tínhamos ainda aperfeiçoado os exames de admissão e inadvertidamente selecionamos pessoas emotivas, irritáveis demais para se ajustar à situação. Isso não tem nada a ver com Blackwood. Cada indivíduo é diferente, e você sabe disso.

— Vinte em vinte é probabilidade suficiente para mim — disse Ruth, que já estava de pé, apertando o caderno contra o peito. — Mesmo que eu tenha a sorte de ser aquele único caso em um milhão que fica bem no final, não planejo permanecer aqui para descobrir. Você tinha razão o tempo todo, Kit. Vamos.

— Kit, vá buscar Lynda — disse Jules. — Mãe, precisamos da chave do quarto dela e da chave do portão. De quanto tempo vocês, meninas, precisam para fazer as malas?

— Quase nada — disse-lhe Kit. — Estou disposta a largar tudo o que eu trouxe, menos o retrato do meu pai, e só preciso de um minuto para pegá-lo.

— Eu não preciso de nada — disse Sandy. — Só quero entrar no carro. Ao chegar à cidade, a gente descobre os horários dos ônibus.

— Temo que vocês estejam esquecendo uma coisa — disse, sem se abalar, Madame Duret. — E essa coisa é que as chaves não estão à disposição de vocês.

— Você está com elas — disse Jules.

— Claro que sim, e não tenho a menor intenção de dá-las a você nem pretendo dizer onde estão. O portão da frente vai permanecer trancado, e vocês todos vão ficar aqui.

— Não pode prender a gente aqui! — gritou Kit. — Jules não vai deixar!

— Não há muito que ele possa fazer. Fico chateada por vê-lo tomar essa atitude sentimental e nada sensata, mas rapazes costumam ter ideias românticas. Nesse caso, tenho certeza de que o bom senso vai vencer. Ele é um rapaz inteligente, e o progresso da música é muito importante para ele.

— Não a esse ponto — disse Jules. — Não quando estão em jogo a vida e a saúde mental dessas meninas. Mãe, não acredito. Onde está sua decência?

— Os valores da sua mãe são muito mais sólidos que os seus, rapazinho — disse o professor, irritado. — Eu esperava que você mostrasse respeito pelo conhecimento e pela experiência dela. Se desse experimento sair um curto poema que seja, de um dos poetas imortais da história, ele já vai ter valido mais que as vidas de quatro meninas comuns.

E pensar que houve um tempo, pensou Kit, perplexa, *que eu achei que esse velho era bondoso!* A raiva se acumulava nela a ponto de se sentir prestes a explodir.

— Mas tem uma coisa que você esqueceu — disse Kit a Madame Duret, lutando para manter a voz firme. — E essa coisa é que somos *nós* que recebemos o material do além. Ele é nosso, vem por meio de nós, e não vamos continuar com isso.

— Isso é uma ameaça ou... — começou Madame Duret.

— Não é uma ameaça, é uma constatação. — Kit ergueu desafiadoramente o queixo. — Não há nenhuma forma de você pegar esse material, caso a gente se recuse a entregá-lo. Você sabe o que vou fazer da próxima vez que estiver escrevendo música? Vou rasgar o papel em pedacinhos e jogar na privada.

— Você não ousaria! — Os olhos de Madame ferviam.

— Ousaria, sim! Espere e veja!

— Eu também. — Havia um tom de coragem renovada na voz de Sandy. — Você nunca mais vai receber de mim nenhum poema, a começar por este!

Antes que qualquer pessoa se desse conta do que ela estava prestes a fazer, ela tirou um papel dobrado do bolso do suéter e o jogou no fogo. As chamas subiram por um instante, e um grunhido baixo pareceu erguer-se dos quatro cantos da sala ao mesmo tempo.

— Esse foi o que eu acabei de traduzir para você? — perguntou Ruth.

— Foi, e agora ele está no lugar certo: queimando até virar cinzas. — Sandy fez uma careta de nojo. — Coisa repulsiva. Já estou me sentindo melhor.

— Temos que pará-las! — gritou o professor. — Não podemos permitir que façam isso! O que elas estão destruindo é insubstituível!

— Elas *não vão* fazer isso. — A voz de Madame era um sibilo grave. — Vamos ter que observá-las cada minuto do dia. Vamos acorrentá-las, se for necessário, vigiar e tirar o trabalho das mãos delas no momento em que estiver completo. Não vamos ser derrotados! Há muita coisa em jogo! O trabalho é muito importante! — Ela se virou para Ruth. — Me dê esse caderno.

— Pode pegar! — gritou Ruth. Arrancando a capa, inclinou-se para a frente e lançou as páginas na lareira. Imediatamente as bordas ficaram negras e começaram a curvar-se. Madame deu um grito de raiva e foi pegar o material da lareira, mas Jules a impediu.

— Tarde demais, mãe. Você não percebe? O experimento explodiu na sua cara. Essas meninas não vão ceder. Deixe-as ir. Deixe-me tirá-las daqui. Prendê-las não vai levar a nada. Simplesmente não vai funcionar.

As páginas do caderno de Ruth queimaram numa chama crepitante, e de suas profundezas veio um ganido de fúria tão cheio de agonia que as paredes se mexeram. A voz ergueu-se num grito, e outra voz juntou-se à primeira, e mais uma, até que a sala estava tomada por um coro de gemidos de ódio.

Subitamente, como se fossem erguidas por uma mão invisível, as páginas em chamas subiram da lareira e voaram para a sala, numa chuva de pedacinhos flamejantes. Kit instintivamente levantou os braços para proteger o rosto na hora em que os mísseis mortíferos zuniram passando por ela e deu um grito de dor quando um deles roçou seu braço. Ao redor, ela ouvia gritos e arquejos, e, quando baixou as mãos, viu horrorizada que as cortinas das janelas estavam queimando. As grandes chamas alaranjadas devoravam, em fúria, o rico tecido, Num instante espalharam-se pelo sofá e pela poltrona acolchoada.

— Vejam só o que vocês fizeram! Suas miseráveis, vocês os deixaram enfurecidos! — Madame andou pela sala. — Vou telefonar para o corpo de bombeiros.

— Não dá para fazer isso! — Jules estendeu o braço para pará-la. — O telefone não tem linha, lembra? Nossa única chance é dirigir até a cidade para buscar socorro. Me dê a chave do portão!

— Eu sei o que você quer! Vai levar as meninas!

— Claro que vou — disse Jules. — Mas você não tem escolha, mãe. Essa casa velha é um chamariz de incêndio! É muito antiga. A madeira está seca. Vai ser impossível conter o fogo!

— Malditos! Malditos, todos vocês! — Madame encarava-os com raiva e desespero. Então, com um movimento, pegou no bolso da saia o molho de chaves. — Aqui, é a grande, quadrada. Rápido, Jules! Rápido! Se não vierem logo, vai ser tarde demais.

— Vou o mais rápido que puder. Agora, vamos! Vamos sair daqui!

Ele escancarou a porta da sala de estar e guiou-as pelo corredor escuro até a porta da frente. Um instante depois, estavam do lado de fora, com o forte vento contra o rosto e a gélida chuva sobre eles.

— Vamos para os meus aposentos — gritou o professor Farley, andando pelo gramado. — Ficam separados da casa. A menos que o vento mude, estaremos seguros ali.

A figura negra de Madame partiu atrás dele, com Lucrécia fazendo fila, e Jules pegou o braço de Kit e a guiou para a rampa de acesso.

— Você e as outras meninas esperem aqui. Vou pegar o carro.

— Vamos embora! — Sandy estava meio rindo, meio chorando. — Kit, realmente vamos embora! Pela manhã, estaremos a caminho de casa! Depois, quando nos lembrarmos de Blackwood, essa história vai parecer só um pesadelo!

— Vou telefonar para meus pais da cidade — disse Ruth. — Eles vão me mandar o dinheiro da passagem. Posso pegar o ônibus até o aeroporto mais próximo.

— Ir para casa... — disse Kit. — Parece ir para o céu.

Então, o coração dela parou. Ela se virou e encarou a casa, com as chamas brilhantes atrás das janelas inferiores e, enquanto olhava, viu uma maliciosa língua de fogo vermelha no segundo andar, lambendo o beiral da janela de um quarto.

— Sandy! Ruth! — O horror tomava sua voz. — E a Lynda?!?

Capítulo 19

— Lynda! — Sandy repetiu o nome, em desespero. — Ah, não! No meio dessa confusão toda, nos esquecemos dela.

— Espere aqui — disse Kit. — E diga a Jules aonde fomos. Ruth e eu vamos buscá-la.

— Fale por você — disse Ruth, brusca. — Eu não quero me matar. Você não vê como o fogo já se espalhou? O quarto de Lynda fica quase em cima da sala de estar.

— Você quer que a deixemos lá?! — exclamou Kit, incrédula. — Ela vai ser queimada viva!

— E o que você acha que vai acontecer conosco se voltarmos para buscá-la? — Ruth balançou a cabeça. — Desculpe. É trágico, mas não tem nada que a gente possa fazer. Talvez quando os bombeiros chegarem.

— Daqui a uma hora? — gritou Kit. — Esse é o tempo que vai demorar para irmos até a cidade, eles reunirem os voluntários e voltarem aqui. A essa altura esse lugar vai ter virado cinzas!

— Bem, eu não planejo virar cinzas junto com ele — disse Ruth. — Aceite, Kit, o fogo já se espalhou por toda a frente da casa. Olhe as janelas: elas estão brilhando com as chamas! Nós não vamos conseguir nem entrar pela porta principal.

— Podemos entrar pela cozinha — disse Kit. — Não deu tempo de o fogo chegar lá. Ruth, é a Lynda, sua melhor amiga!

— Sinto muito, muito mesmo, mas não existe a menor chance de chegarmos ao segundo andar e voltarmos. Nós não a salvaríamos, só jogaríamos nossa vida fora.

— Infelizmente, acho que ela está certa, Kit — disse Sandy, com a voz trêmula. — O melhor que a gente pode fazer é ir para baixo da janela de Lynda e gritar para ela. Talvez a gente a convença a pular.

— Ela nunca vai ouvir a gente com o barulho da tempestade.

— A gente podia jogar pedras contra o vidro.

— Vocês realmente acham que ela vai reagir, se nem responde quando a gente bate na porta?

— É uma chance, não é? — disse Ruth. — Melhor que nada.

— Não é *tão* melhor que nada — retrucou Kit. — Vocês podem jogar pedrinhas, eu vou entrar pela cozinha.

— Você não pode! Vai ficar presa lá! — Sandy prendeu-a pelo braço.

Kit afastou-a, com impaciência.

— Eu não vou deixar Lynda morrer lá em cima, vou ao menos tentar tirá-la de lá!

Deixando para trás as outras meninas, ela correu para a lateral da casa. Ao virar, o vento bateu com toda força, os pingos da chuva pesando como se fossem bolinhas de chumbo.

Em algum lugar à esquerda ficava o lago, mas ela não o via na escuridão e em meio ao temporal. Seus pés encontraram o conhecido caminho de cascalho enquanto talos secos de jardim morto havia tempo raspavam seus tornozelos e uma roseira lançava um galho espinhento contra sua bochecha.

— Kit! Espere! — A voz de Sandy ecoava atrás dela, distante.

— Não posso esperar! — gritou Kit de volta. — Não há tempo...

Nos fundos da casa, o caminho estava mais fácil, porque a vegetação era menos densa e os beirais ofereciam alguma proteção contra a chuva. Ela hesitou um pouco devido à densa escuridão, trombou com o incinerador de lixo, voltou e achou o caminho que levava à porta da cozinha. Por um instante, teve medo de que a porta estivesse trancada, mas ela se abriu com facilidade. Logo depois, Kit estava dentro da casa, tateando para encontrar o caminho na cozinha escura. Chegou ao outro lado, abriu com força a porta para o salão de jantar e cambaleou para trás, engasgando com a fumaça ácida. Deixando a porta da cozinha fechar-se outra vez, ela se inclinou contra a beira da bancada, arquejando para recuperar o fôlego e esfregando os olhos ardentes com a fumaça.

Ela teria que cobrir o rosto... Mas como, naquela escuridão? Tentava de qualquer maneira recordar a exata disposição da cozinha. Havia ganchos ao lado da pia, nos quais Natalie costumava pendurar panos de prato, mas será que Lucrécia fazia a mesma coisa?

Tateando de volta ao longo da bancada, Kit mantinha o braço estendido, perpendicular à parede. A mão se movia pelos azulejos lisos. Ela encontrou a pia, as torneiras e, enfim, o toque macio do pano de algodão.

— Graças a Deus! — Kit respirava enquanto seus dedos alcançavam a toalha e a puxavam do gancho. Ela tateou até a torneira e a abriu. A água escorreu fria. Quando a toalha estava encharcada, Kit a usou para cobrir a cabeça, deixando a parte da frente cair sobre seu rosto como um véu; então, voltou para a porta do salão de jantar. Agora, ao abrir, conseguia enfrentar a fumaça, ao menos por tempo o suficiente para chegar à escada. Foi só quando ela estava na metade do salão que percebeu que não andava mais às cegas. O tênue brilho da luz do corredor deveria tê-la preparado para aquilo que ela veria, mas não foi o que aconteceu. Ao sair do salão de jantar, ela sentiu o calor atacá-la num grande golpe. Na outra ponta do corredor, a parede que um dia fechava a sala de estar era um sólido painel de fogo.

O corredor estava repleto de fumaça, mas ao passar por ele Kit viu a curva da escada que levava ao segundo andar. Chegou ao primeiro degrau e começou a subir. No entanto, parou no final, horrorizada, vendo uma segunda parede de fogo erguendo-se descontrolada à frente.

— Não pode ser! — arquejou ela; então, tremendo de alívio, percebeu que era só o espelho fazendo mais um de seus truques perversos, captando e devolvendo a imagem do corredor abaixo num reflexo flamejante. Prosseguindo, chegou ao corredor do segundo andar. Ali estava menos quente que no andar de baixo, e a fumaça estava mais fina. A única luz era o reflexo do espelho, trêmulo e pálido, que bastava para que ela visse o caminho até a porta de Lynda. Kit estendeu a mão até a maçaneta, girou e deu um grito de frustração. Como podia ter se esquecido de que a porta estaria trancada? Não havia jeito de abri-la. Até chegar ao estábulo para pegar a chave com Madame, não seria mais possível voltar.

Fechando punho, esmurrou a porta.

— Lynda? Lynda, você está acordada? Você está me ouvindo?

De dentro, não vinha som nenhum. Kit bateu com mais força.

— Lynda, responda! Eu sei que você está aí. Tem que estar. Lynda, está acontecendo um incêndio! Blackwood está pegando fogo! Está ouvindo?

Teria sido sua imaginação ou houve um tênue farfalhar, um arquejo de entendimento? Kit começou a chutar, batendo o pé sem parar contra a madeira do painel inferior.

— Blackwood está em chamas! Blackwood está pegando fogo!

— Quem? — A voz do outro lado da porta era pequena e indecisa, meio confusa, como se quem falava tivesse acabado de acordar. — Quem é?

— É Kit! Kit Gordy! — Kit parou de bater e levou o rosto à fechadura. — Lynda, escute! Você precisa sair daqui! A porta está trancada, e eu não tenho a chave. A única saída é pela janela. Você vai ter que pular.

— Da janela? — repetiu Lynda, inexpressivamente. — Eu não consigo. É alto demais.

— Ruth e Sandy estão lá embaixo — disse Kit. — Elas vão amortecer a queda. Além disso, o que tem lá embaixo é grama, não a rampa de acesso. Você vai ter que pular, Lynda, não tem escolha. Não tem outro jeito.

— Mas e as minhas pinturas?! Não posso deixá-las aqui!

— Você vai pintar novas. — A afirmação era falsa, mas ela não sentiu culpa em dizê-la. — Não perca mais tempo, vá para a janela. Ande, agora! Eu vou ficar aqui até saber que você está bem. Olhe lá. As meninas estão lá embaixo?

Houve um instante de silêncio. Quando a voz de Lynda voltou, ela estava tênue, mais distante.

— Estão, sim — respondeu Lynda. — Sandy, Ruth e Jules. Jules está lá com elas.

— Abra a janela! — gritou Kit. — Rápido, passe as pernas pelo parapeito! Se você descer pela calha, não precisa pular tão alto.

— Está chovendo — disse Lynda, espantada. — Eu não sabia que estava chovendo. Eu consigo vê-los lá, debaixo da janela. Estão acenando e levantando os braços para mim. Como é que eu consigo enxergar, se está de noite?

— É a luz do fogo brilhando das janelas! — A fumaça no corredor estava ficando mais espessa, e o pano em seu rosto tinha secado. — Pule! — gritou Kit. — Por favor, Lynda, você precisa pular! Eu não posso ficar aqui muito mais tempo!

Não houve resposta. Será que ela tinha pulado? Ou será que estava parada na janela, olhando as figuras iluminadas pelo fogo lá embaixo?

Kit mexeu na maçaneta.

— Lynda?!

Nenhum som como resposta. Blackwood estava em silêncio, exceto por um crepitar constante que, como Kit subitamente percebeu, ela estava ouvindo havia algum tempo, mesmo que de forma inconsciente. Ela inspirou e começou a tossir sem parar. A sola de seus pés estava quente. Curvando-se, colocou a mão contra o piso de madeira e a tirou tão rápido quanto se a tivesse colocado numa chapa quente.

Ela não podia mais esperar.

— Boa sorte! — gritou para Lynda, na esperança de que a menina não estivesse mais lá para ouvi-la; virando-se, seguiu pelo corredor na direção das escadas.

O corredor agora parecia mais iluminado, e o calor estava mais intenso; no espelho, ela se viu surgindo das trevas como se fosse uma grotesca aparição, com suas roupas encharcadas pela chuva grudadas no corpo e o pano de prato na cabeça. Ela chegou ao alto da escada e, ao olhar para baixo, soltou um gemido baixo.

— Não tem jeito — sussurrou Kit. — Não mesmo.

Ruth estava certa a respeito da impossibilidade da missão. Ao tentar resgatar Lynda, ela se sacrificou. A escada era a única maneira de descer, e o incêndio no corredor abaixo tinha chegado quase ali.

Então é assim que termina, pensou Kit, e em algum lugar nos limites de sua mente ela ouviu alguém rir, uma gargalhada maliciosa que começou baixinho e aumentou até virar uivos febris.

— Você se acha boa demais para nós, não é? — gritou o homem dos devaneios. — Boa demais para gastar sua preciosa vida gravando a nossa música! E agora, de que vai servir essa preciosa vida?

— Ela é minha! — gritou Kit, encontrando força na provocação. — Pelo menos a vida é minha, até o final! — Ela começou a tossir de novo e, meio cega devido à fumaça, apertou o braço contra os olhos, sentindo sua bravata desfazer-se no horror da realidade. — Mãe! — murmurou ela, desesperada. — Pai, me ajude! O que faço agora? — Era força do hábito chamar esses dois nomes. Cem cenas subiram de sua memória e brilharam contra a tela de sua mente: seus pais, fortes, seguros, de braços estendidos para ela, mãos abertas para pegar as dela, olhares calorosos de preocupação, rostos doces de amor. A mãe, preocupada: "Querida, você vai ficar feliz aqui, não vai? Eu não vou aproveitar um instante da viagem se achar que você não está bem". O pai, naquela estranha visita final, calado ao pé de sua cama, olhando para ela...

— Kit, abra os olhos. — A voz era grave e firme. Era uma voz inesquecível, rouca, ainda que afetuosa. — Você nunca vai sair daqui com a cabeça nos braços.

Estou sonhando, pensou Kit; no entanto, ela sabia que não estava. Lentamente, ergueu a cabeça, abriu os olhos e encarou a figura de rosto quadrado, de traços fortes e tão parecido com o dela.

— Pai! — disse Kit, baixinho. — Pai, é você?

Por um instante a mais, a visão se manteve, tão real que ela teria quase estendido a mão até tocar a sua bochecha bronzeada. Então, a imagem ficou borrada e sumiu, ao mesmo tempo que lágrimas quentes inundavam seus olhos.

Estou tão contente por você estar aqui! Eu não teria tanto medo com você comigo. Eu deveria saber que você viria, que não me deixaria morrer sozinha.

Ela não falou essas palavras em voz alta, e nem precisou. Ela sentia a presença do pai com tanta força que ele era quase parte dela. Quando a voz respondeu, não vinha do corredor diante dela, mas de algum lugar dentro das profundezas de sua própria mente: *Você não vai morrer!*

Mas não tem jeito de sair, começou Kit, *o incêndio tomou conta de tudo! Ninguém conseguiria atravessar aquele corredor.*

Você precisa tentar.

Palavras firmes, ditas num tom que não permitia discussão. Uma ordem a ser obedecida.

Kit viu-se respondendo como teria respondido quando criança.

— Tudo bem. Tudo bem, pai. Vou tentar.

Ela desceu as escadas. Depois tentaria se lembrar do jeito como havia feito aquilo, o lento progresso, a ácida fumaça enchendo seus pulmões e as paredes de Blackwood erguendo-se acima dela até o grande teto em arco, mas as lembranças não seriam fiéis. Elas surgiriam em fragmentos. A descida da escada. O corredor em chamas. O fosso ardente em que a sala de estar tinha se transformado. A pressão sobre sua cabeça...

Curve-se. Abaixe-se o quanto puder. O ar vai estar melhor.

O salão de jantar em que o lustre balançava insanamente sobre uma mesa em chamas, devolvendo um milhão de luzes alaranjadas. A cozinha outra vez.

Você precisa chegar ao portão. Não pare por nada nem ninguém. Vá direto até o portão e, quando você chegar, verá os Rosenblum.

— Os Rosenblum? Mas como...

A carta, claro! Eu escrevi o número de telefone dos Rosenblum na carta. Natalie deve ter lido e entendido o que era aquele número e ligado para eles.

Ela acreditava no pai, como sempre tinha acreditado, e sentiu a mão dele guiar a sua até a maçaneta da porta da cozinha.

Mais tarde, ela não se lembraria de passar por ali. Só sabia que de repente estava do lado de fora, correndo pela rampa, com o pano ainda sobre a cabeça, a chuva no rosto e o vento frio chicoteando seus ombros. Acima dela estava a cerca de metal e, além dela, os braços negros das árvores balançando-se loucamente contra o céu. Ela não conseguia vê-los por causa da escuridão, mas sabia que estavam ali.

No meio da rampa, Kit parou e se virou para olhar a casa. Ali estava, como ficaria para sempre em seus pesadelos, o contorno do grande telhado pontiagudo desenhado em clarões contra as nuvens rompidas pelos raios. Quase daquele mesmo ponto, ela tinha vislumbrado Blackwood pela primeira vez, cada pedra cinza sobre outra, como num quebra-cabeça, enquanto as janelas ardiam ao sol do fim da tarde como se o interior estivesse em chamas.

"Você não sente?", tinha perguntado à mãe naquele momento. "Tem alguma coisa estranha. Esse lugar parece..."

Agora ela sabia a resposta.

Kit não esperou para ver o prédio desabar. Ela se virou e correu de novo contra a força fria e limpa do vento.

— Estou aqui! — gritou. — Estou aqui! — Os faróis deram a volta na curva à frente e frearam para parar diante do portão.

Sobre a autora

Lois Duncan é autora de mais de cinquenta livros, desde infantis ilustrados até obras de poesia e não ficção para adultos, mas é mais conhecida por romances de suspense para jovens, ganhadores de diversos prêmios. Em 1992, Lois recebeu o Margaret A. Edwards do *School Library Journal* e da ALA Young Adult Library Services Association por um "corpo destacado de literatura adolescente". Em 2009, foi agraciada com o St. Katharine Drexel, da Catholic Library Association, pelo "reconhecimento da contribuição extraordinária de um indivíduo para o crescimento das bibliotecas e da literatura para jovens e estudantes do ensino médio".

Lois nasceu na Filadélfia, no estado da Pensilvânia, e cresceu em Sarasota, na Flórida. Ela sabia desde pequena que queria ser escritora. Enviou seu primeiro conto para uma revista aos dez anos e sua obra foi publicada pela primeira vez aos treze. Ao longo dos últimos anos escolares, escreveu regularmente para publicações juvenis, particularmente a revista *Seventeen*.

Adulta, Lois se mudou para Albuquerque, no Novo México, onde deu aulas de produção de texto no departamento de jornalismo da Universidade do Novo México, enquanto continuava a escrever para diversas revistas. Mais de trezentos artigos seus saíram em publicações como *Ladies' Home*

Journal, *Redbook*, *McCall's*, *Good Housekeeping* e *Reader's Digest*, e por muitos anos ela foi editora-assistente de *Woman's Day*.

  Seis de seus romances – *Summer of fear* [Verão do medo], *Killing Mr. Griffin* [Matando o sr. Griffin], *Gallows hill* [A colina da forca], *Ransom* [Resgate], *Don't look behind you* [Não olhe para trás] e *Stranger with my face* [O estranho com meu rosto] viraram filmes. *Eu sei o que vocês fizeram no verão passado* e *Hotel for dogs* [Hotel para cachorros] foram sucessos de bilheteria no cinema.

  Ainda que o público juvenil conheça mais os suspenses de Lois Duncan, os adultos talvez a conheçam como autora de *Who killed my daughter?* [Quem matou minha filha?], a verdadeira história do assassinato de Kaitlyn Arquette, caçula de Lois. A dramática história de Kait recebeu destaque em programas de TV, como *Unsolved Mysteries*, *Good Morning America*, *Larry King Live*, *Sally Jessy Raphael* e *Inside Edition*. Um relato completo da contínua investigação da família pode ser acessado em: http://kaitarquette.arquettes.com.

  Lois faleceu em 2016 nos Estados Unidos.

  Mais informações sobre a autora em:
http://loisduncan.arquettes.com